森　鷗外
もり　おうがい

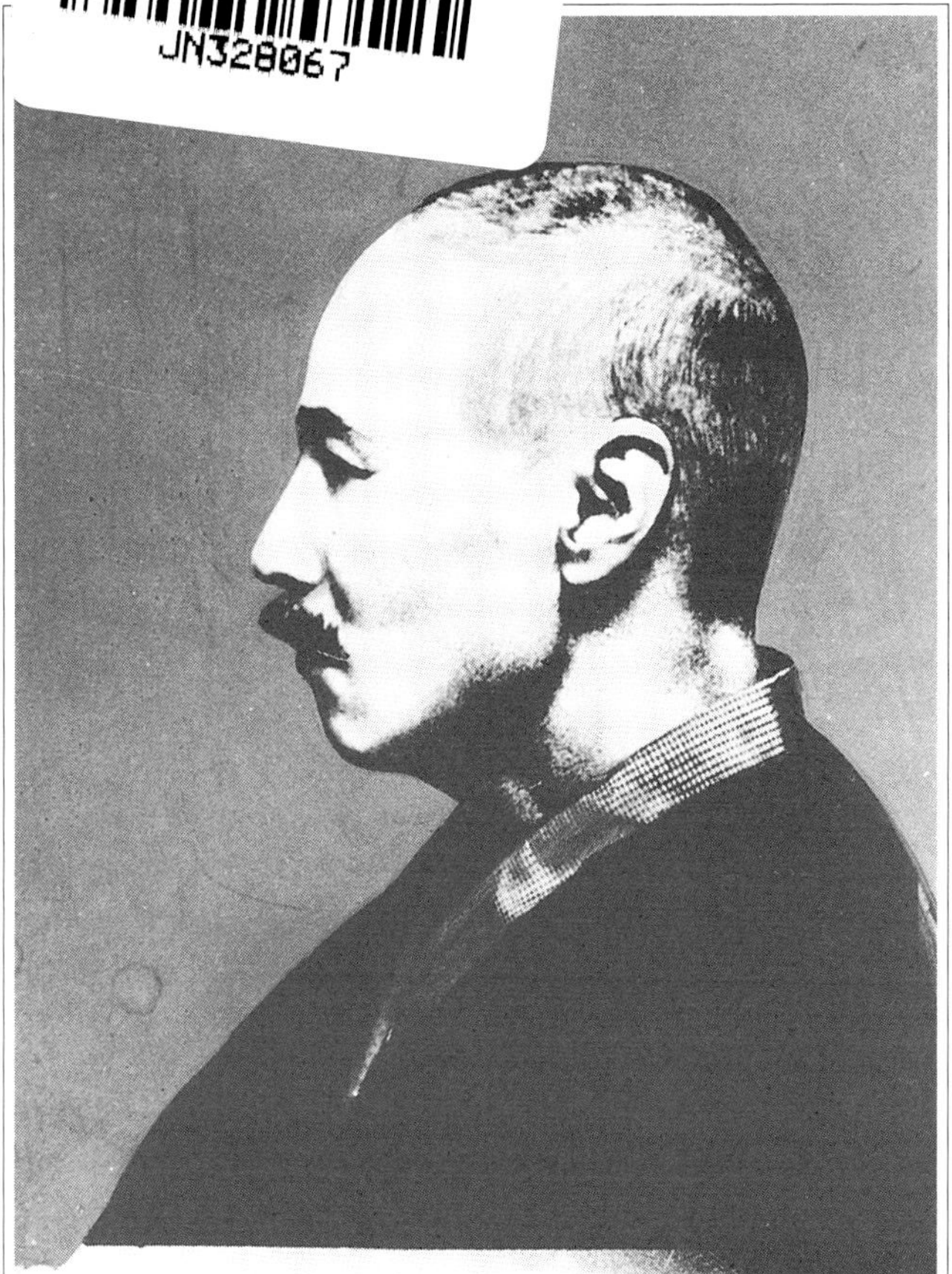

❶

❷

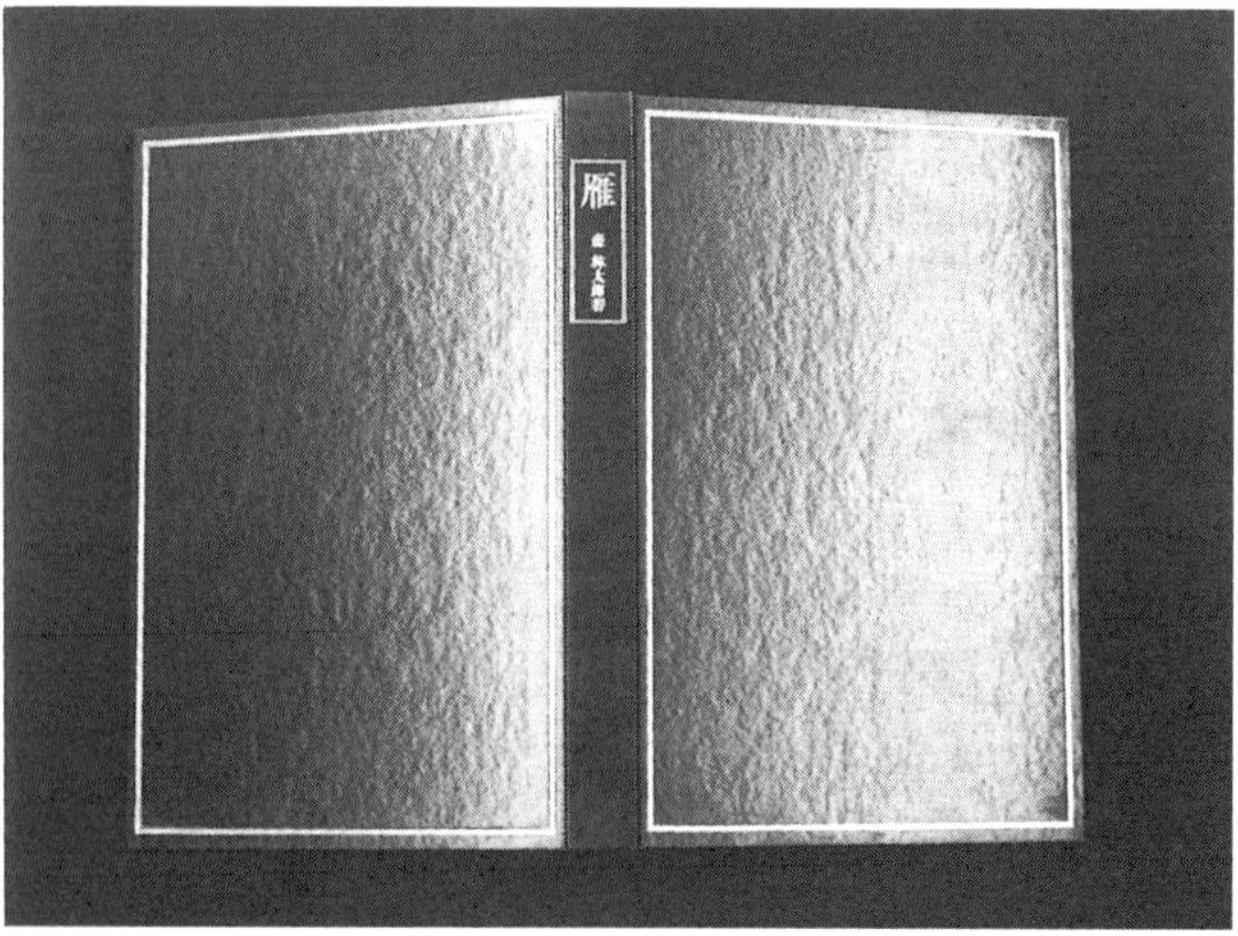

❶映画「雁《がん》」(大映)より
❷『雁』一九一五(大正四)年五月刊

読んでおきたい日本の名作

雁・カズイスチカ

森　鷗外

教育出版

目次

雁《がん》

壱《いち》

古い話である。僕《ぼく》は偶然《ぐうぜん》それが明治十三年のできごとだということを記憶《きおく》している。どうして年をはっきり覚えているかというと、そのころ僕は東京大学の鉄門の真向かいにあった、上条《かみじょう》という下宿屋に、この話の主人公と壁《かべ》一つ隔《へだ》てた隣同士《となりどうし》になって住んでいたからである。その上条が明治十四年に自火で焼けた時、僕も焼け出された一人《いちにん》であった。その火事のあった前年のできごとだということを、僕は覚えているからである。

上条に下宿しているものはたいてい医科大学の学生ばかりで、そのほかは大学の付属病院に通う患者《かんじゃ》なんぞであった。たいていどの下宿屋にも特別に幅《はば》をきかせている客があるもので、そういう客は第一金回りがよく、小気《こぎ》がきいていて、おかみさんが箱火鉢《はこひばち》を控《ひか》えて座《すわ》っている前の廊下《ろうか》を通るときは、きっと声をかける。時々はその箱火鉢の向こう側にしゃがんで、世間話の一つもする。部屋で酒盛りをして、わざわざ肴《さかな》をこしらえさせたりなにかして、

鉄門　東京大学医学部南側にあった門。

おかみさんにめんどうを見させ、わがままをするようでいて、実は帳場に得《とく》のつくようにする。まずざっとこういう性《たち》の男が尊敬を受け、それに乗じて威福《いふく》をほしいままにするというのが常である。しかるに上条で幅をきかせている、僕の壁隣《かべどなり》の男はすこぶる趣《おもむき》を殊《こと》にしていた。

　この男は岡田《おかだ》という学生で、僕より一学年若いのだから、とにかくもう卒業に手が届いていた。岡田がどんな男だということを説明するには、その手近な、きわだった性質から語り始めなくてはならない。それは美男だということである。色の蒼《あお》い、ひょろひょろした美男ではない。血色がよくて、体格ががっしりしていた。僕はあんな顔の男を見たことがほとんどない。強《し》いて求めれば、だいぶあのころから後《のち》になって、僕は青年時代の川上眉山《かわかみびざん》と心安くなった。あのとうとう窮境《きゅうきょう》に陥《おち》って悲惨《ひさん》の最期《さいご》を遂《と》げた文士の川上である。あれの青年時代がちょっと岡田に似ていた。もっとも当時競漕《きょうそう》の選手になっていた岡田は、体格でははるかに川上なんぞにまさっていたのである。

　容貌《ようぼう》はその持ち主を何人《なんぴと》にも推薦《すいせん》する。しかしそればかりでは下宿屋で幅をきかすことはできない。そこで性行はどうかというと、僕は当時岡田ほど

威福をほしいままにする　人を思いのままに従わせる。

川上眉山　（一八六九〜一九〇八）小説家。

競漕　ボートレース。

均衡《きんこう》を保った書生生活をしている男は少なかろうと思っていた。学期ごとに試験の点数を争って、特待生をねらう勉強家ではない。やるだけのことをちゃんとやって、級の中位《ちゅうい》より下には下《くだ》らずに進んできた。遊ぶ時間は決まって遊ぶ。夕食後に必ず散歩に出て、十時前にはまちがいなく帰る。日曜日には舟《ふね》を漕《こ》ぎに行くか、そうでないときは遠足をする。競漕《きょうそう》前に選手仲間と向島《むこうじま》に泊《と》まり込《こ》んでいるとか、暑中休暇《しょちゅうきゅうか》に故郷に帰るとかのほかは、壁隣《かべどなり》の部屋に主人のいる時刻と、留守《るす》になっている時刻とが狂《くる》わない。誰《だれ》でも時計《とけい》を号砲《どん》に合わせることを忘れた時には岡田の部屋へ問いに行く。上条《かみじょう》の帳場の時計もおりおり岡田の懐中時計《かいちゅうどけい》によってただされるのである。周囲の人の心には、久しくこの男の行動を見ていればいるほど、あれは信頼《しんらい》すべき男だという感じが強くなる。上条のおかみさんがおせじを言わない、破格な金遣《づか》いをしない岡田を褒《ほ》め始めたのは、この信頼にもとづいている。それには月々の勘定《かんじょう》をきちんとするという事実があずかって力あるのは、ことわるまでもない。

「岡田さんをご覧なさい。」ということばが、しばしばおかみさんの口から出

向島　東京都墨田《すみだ》区にある隅田《すみだ》川東岸の地。

号砲　正午を知らせる空砲《くうほう》。

お歯黒　歯を黒く染める

る。
「どうせ僕《ぼく》は岡田君のようなわけにはいかないさ。」と先を越《こ》して言う学生がある。かくのごとくにして岡田はいつとなく上条の標準的下宿人になったのである。
岡田の日々《にちにち》の散歩はたいてい道筋が決まっていた。寂《さび》しい無縁坂《むえんざか》を降りて、藍染川《あいそめがわ》のお歯黒のような水の流れ込《こ》む不忍《しのばず》の池《いけ》の北側を回って、上野の山をぶらつく。それから松源《まつげん》や雁鍋《がんなべ》のある広小路《ひろこうじ》、狭《せま》いにぎやかな仲町《なかちょう》を通って、湯島天神《ゆしまてんじん》の社内に入って、陰気《いんき》な臭橘寺《からたちでら》の角を曲がって帰る。しかし仲町を右へ折れて、無縁坂から帰ることもある。これが一つの道筋である。ある時は大学の中を抜《ぬ》けて赤門《あかもん》に出る。鉄門は早く閉《と》ざされるので、患者《かんじゃ》の出入《しゅつにゅう》する長屋門《ながやもん》から入って抜けるのである。後にそのころの長屋門が取り払《はら》われたので、今春木町《はるきちょう》からつき当たるところにある、あの新しい黒い門ができたのである。赤門を出てから本郷通《ほんごうどお》りを歩いて、粟《あわ》もちの曲《きょく》づきをしている店の前を通って、神田明神《かんだみょうじん》の境内《けいだい》に入る。そのころまで目新しかった目金橋《めがねばし》へ降りて、柳原《やなぎわら》の片側町《かたかわまち》を少し歩く。それからお成道《なりみち》へ戻《もど》って、狭い西側の横

ための褐色《かっしょく》の液。

松源や雁鍋　ともに料理屋。

長屋門　長屋を左右に備えた門。

曲づき　曲芸のようなもちのつき方。

柳原　眼鏡橋《めがねばし》と呼ばれた万世橋《まんせいばし》から浅草橋方面にかけての神田川南岸の通称《つうしょう》。

片側町　道の片側だけに家並がある町。

お成道　将軍が上野寛永《かんえい》寺に参詣《さんけい》する道。

町のどれかをうがって、やはり臭橘寺《からたちでら》の前に出る。これが一つの道筋である。これよりほかの道筋はめったに歩かない。

　この散歩の途中《とちゅう》で、岡田が何をするかというと、ちょいちょい古本屋の店をのぞいて歩くくらいのものであった。上野広小路《ひろこうじ》と仲町《なかちょう》との古本屋は、そのころのが今も二三軒《げん》残っている。お成道《なりみち》にも当時そのままの店がある。柳原《やなぎわら》のは全く廃絶《はいぜつ》してしまった。本郷通《ほんごうどお》りのはほとんど皆《みな》場所も持ち主も代わっている。岡田が赤門から出て右へ曲がることのめったにないのは、いったい森川町は町幅《まちはば》も狭く、窮屈《きゅうくつ》なところであったからでもあるが、当時古本屋が西側に一軒《けん》しかなかったのも一つの理由であった。

　岡田が古本屋をのぞくのは、今のことばでいえば、文学趣味《しゅみ》があるからであった。しかしまだ新しい小説や脚本《きゃくほん》は出ていぬし、抒情詩《じょじょうし》では子規《しき》の俳句や、鉄幹《てっかん》の歌の生まれぬ先であったから、誰《だれ》でも唐紙《とうし》に摺《す》った花月新誌《かげつしんし》や白紙《はくし》に摺った桂林一枝《けいりんいっし》のような雑誌を読んで、槐南《かいなん》、夢香《むこう》なんぞの香奩体《こうれんたい》の詩を最も気のきいたものだと思うくらいのことであった。僕も花月新誌の愛読者であったから、記憶《きおく》している。西洋小説の翻訳《ほんやく》というものは、あの雑誌

子規　正岡《まさおか》子規（一八六七～一九〇二）俳人・歌人。

鉄幹　与謝野《よさの》鉄幹（一八七三～一九三五）歌人・詩人。

花月新誌　（一八七七～八四刊）成島柳北主宰の文芸雑誌。

桂林一枝　（一八七八～八二刊）詩歌雑誌。

槐南、夢香　森槐南（一八六三～一九一一）漢詩人。上《うえ》夢香（一八五一～一九三七）漢詩人・作曲家。

が始めて出したのである。なんでも西洋のある大学の学生が、帰省する途中で殺される話で、それを談話体に訳した人は神田孝平《かんだこうへい》さんであったと思う。それが僕《ぼく》の西洋小説というものを読んだ始めであったようだ。そういう時代だから、岡田の文学趣味も漢学者が新しい世間のできごとを詩文に書いたのを、おもしろがって読むくらいにすぎなかったのである。

　僕は人づきあいのあまりよくない性《たち》であったから、学校の構内でよく会う人にでも、用事がなくては話をしない。同じ下宿屋にいる学生なんぞには、帽《ぼう》を脱《ぬ》いで礼をするようなことも少なかった。それが岡田と少し心安くなったのは、古本屋がなかだちをしたのである。僕の散歩に歩く道筋は、岡田のように決まってはいなかったが、脚《あし》が達者で縦横に本郷から下谷《したや》、神田《かんだ》を掛《か》けて歩いて、古本屋があれば足を止めて見る。そういう時に、たびたび岡田と店先で落ち合う。「よく古本屋で出くわすじゃないか。」というようなことを、どっちからか言い出したのが、親しげにものを言った始めである。

　そのころ神田明神《かんだみょうじん》前の坂を降りた曲がり角に、鉤《かぎ》なりに縁台《えんだい》を出して、古本をさらしている店があった。そこである時僕が唐本《とうほん》の金瓶梅《きんぺいばい》を見つけて亭《てい》

香奩体
女性の情感を官能的に叙述する漢詩体の一種。

神田孝平
（一八三〇〜九八）洋学者・啓蒙思想家。

本郷から下谷、神田を掛けて
いずれも当時の区名。下谷は東を浅草に、西を本郷に、南を神田に接した、現在の台東区の西側部分。

唐本
中国から渡来した書物。

金瓶梅
中国明代の長編

主《しゅ》に値を問うと、七《しち》円だと言った。五円に負けてくれと言うと、「先刻岡田さんが六円なら買うとおっしゃいましたが、おことわり申したのです。」と言う。偶然僕《ぐうぜんぼく》は工面《くめん》がよかったので言い値で買った。二三日たってから、岡田に会うと、向こうからこう言い出した。

「君はひどい人だね。僕がせっかく見つけておいた金瓶梅《きんぺいばい》を買ってしまったじゃないか。」

「そうそう君が値をつけて折り合わなかったと、本屋が言っていたよ。君欲《ほ》しいのなら譲《ゆず》ってあげよう。」

「なに。隣《となり》だから君の読んだあとを貸してもらえばいいさ。」

僕は喜んで承諾《しょうだく》した。こんなふうで、今まで長い間壁隣《かべどなり》に住まいながら、交際せずにいた岡田と僕とは、行ったり来たりするようになったのである。

弐《に》

そのころから無縁坂《むえんざか》の南側は岩崎《いわさき》の邸《やしき》であったが、まだ今のような巍々《ぎぎ》た

小説。

12・13

岩崎の邸　三菱財閥《みつびしざいばつ》の基礎《きそ》を築いた岩崎弥《や》太郎《たろう》（一八三四〜八五）の邸宅。

巍々たる　高く大きいさま。

る土塀《どべい》で囲ってはなかった。きたない石垣《いしがき》が築いてあって、苔《こけ》むした石と石との間から、歯朶《しだ》や杉菜《すぎな》がのぞいていた。あの石垣の上あたりは平地だか、それとも小山のようにでもなっているか、岩崎の邸の中に入って見たことのない僕は、今でも知らないが、とにかく当時は石垣の上の所に、雑木《ぞうき》が生えたいほど生えて、育ちたいほど育っているのが、往来から根まで見えていて、その根に茂《しげ》っている草もめったに刈《か》られることがなかった。

　坂の北側はけちな家が軒《のき》を並べていて、いちばん体裁《ていさい》のいいのが、板塀《いたべい》をめぐらした、小さいしもた屋、そのほかは手職をする男なんぞの住まいであった。店は荒物屋《あらものや》に煙草屋《たばこや》ぐらいしかなかった。中に往来の人の目につくのは、裁縫《さいほう》を教えている女の家で、昼間は格子窓《こうしまど》の内に大勢の娘《むすめ》が集まって仕事をしていた。時候がよくて、窓を開けているときは、我々学生が通ると、いつもべちゃくちゃ盛《さか》んにしゃべっている娘どもが、みんな顔を挙げて往来の方を見る。そしてまた話をし続けたり、笑ったりする。その隣《となり》に一軒格子《けんこうし》戸《ど》をきれいに拭《ふ》き入れて、上がり口のたたきに、御影石《みかげいし》を塗《ぬ》り込《こ》んだ上へ、おりおり夕方に通ってみると、打ち水のしてある家があった。寒い時は障子《しょうじ》

しもた屋
商家でない普通の家。

たたき
たたき固めた土間。三和土《たたき》。

が閉めてある。暑い時は竹すだれが下ろしてある。そして仕立物師《したてものし》の家のにぎやかなために、この家はいつもきわだってひっそりしているように思われた。

この話のできごとのあった年の九月ごろ、岡田《おかだ》は郷里から帰ってまもなく、夕食後に例の散歩に出て、加州《かしゅう》の御殿《ごてん》の古い建物に、仮に解剖室《かいぼうしつ》が置いてあるあたりを過ぎて、ぶらぶら無縁坂《むえんざか》を降りかかると、偶然《ぐうぜん》一人の湯帰りの女がかの仕立物師の隣《となり》の、寂《さび》しい家に入るのを見た。もう時候がだいぶ秋らしくなって、人が涼《すず》みにも出ぬころなので、一時人通りの絶えた坂道へ岡田が通りかかると、ちょうど今例の寂しい家の格子戸《こうしど》の前まで帰って、戸を開けようとしていた女が、岡田の下駄《げた》の音を聞いて、ふいと格子にかけた手をとどめて、振《ふ》り返って岡田と顔を見合わせたのである。

紺縮《こんちぢみ》の単物《ひとえもの》に、黒繻子《くろじゅす》と茶献上《ちゃけんじょう》との腹合わせの帯を締《し》めて、細い左の手に手ぬぐいやら石鹸箱《シャボンばこ》やら糠袋《ぬかぶくろ》やら海綿やらを、細かに編んだ竹のかごに入れたのをだるげに持って、右の手を格子にかけたまま振り返った女の姿が、岡田には別に深い印象をも与《あた》えなかった。しかし結《ゆ》い立《た》ての銀杏返《いちょうがえ》しの鬢《びん》が蟬《せみ》

加州の御殿
東京大学の敷地となった加賀前田家の建物。

紺縮の単物
小じわを出した紺色の織物で、裏地をつけない着物。

黒繻子と茶献上
繻子は光沢《こうたく》がある、献上は博多《はかた》織の、織物。

腹合わせの帯
表と裏を別の布地で仕立てた帯。昼夜帯。

銀杏返し
髻《もとどり》の末を左右に分け輪にして結んだ髪型《かみがた》。

の羽《は》のように薄《うす》いのと、鼻の高い、細長い、やや寂しい顔が、どこのかげんか額から頬《ほお》にかけて少し平たいような感じをさせるのとが目に留まった。岡田はただそれだけの刹那《せつな》の知覚を閲歴《えつれき》したというにすぎなかったので、無縁坂を降りてしまうころには、もう女のことはきれいに忘れていた。

　しかし二日ばかりたってから、岡田はまた無縁坂の方へ向いて出かけて、例の格子戸の家の前近《ぢか》く来た時、先の日の湯帰りの女のことが、突然記憶《きおく》の底から意識の表面に浮《う》き出したので、その家の方をちょっと見た。縦に竹を打ち付けて、横に二段ばかり細く削《けず》った木を渡《わた》して、それを蔓《かずら》で巻いた肱掛《ひじか》け窓がある。その窓の障子《しょうじ》が一尺ばかり開いていて、卵の殻《から》を伏《ふ》せた万年青《おもと》の鉢《はち》が見えている。こんなことを、幾分《いくぶん》かの注意を払《はら》って見たために、歩調が少しゆるくなって、家の真ん前に来かかるまでに、数秒時間の余裕《よゆう》を生じた。

　そしてちょうど真ん前に来た時に、意外にも万年青の鉢の上の、今までねずみ色の闇《やみ》に閉《と》ざされていた背景から、白い顔が浮き出した。しかもその顔が岡田を見てほほえんでいるのである。

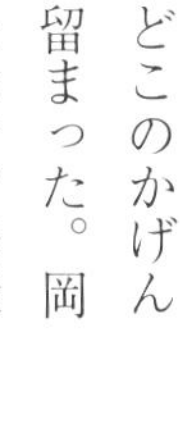

蔓
　つる性の植物。
肱掛け窓
　座《すわ》って肱が掛けられる高さの窓。
一尺
　約三〇・三センチメートル。
万年青
　ユリ科の常緑多年草。

それからは岡田が散歩に出て、この家の前を通るたびに、女の顔を見ぬことはほとんどない。岡田の空想の領分におりおりこの女が闖入《ちんにゅう》してきて、しだいにわがもの顔に立ちふるまうようになる。女は自分の通るのを待っているのだろうか、それともなんの意味もなく外を見ているので、偶然《ぐうぜん》自分と顔を合わせることになるのだろうかという疑問が起こる。そこで湯帰りの女を見た日より前にさかのぼって、あの家の窓から女が顔を出していたことがあったか、どうかと思って考えてみるが、無縁坂《むえんざか》の片側町《かたかわまち》でいちばん騒《さわ》がしい仕立物師《したてものし》の家の隣《となり》は、いつもきれいに掃除《そうじ》のしてある、寂《さび》しい家であったという記念のほかには、何物もない。どんな人が住んでいるだろうかと疑ったことは確かにあるようだが、それさえなんとも解決がつかなかった。どうしてもあの窓はいつも障子《しょうじ》が閉まっていたり、すだれが下りていたりして、その奥《おく》はひっそりしていたようである。そうしてみると、あの女は近ごろ外に気をつけて、窓を開けて自分の通るのを待っていることになったらしいと、岡田はとうとう判断した。

通るたびに顔を見合わせて、その間々《あいだあいだ》にはこんなことを思っているうちに、

記念
記憶《きおく》。覚えている物事。

岡田はしだいに「窓の女」に親しくなって、二週間もたったころであったか、ある夕方例の窓の前を通る時、無意識に帽《ぼう》を脱《ぬ》いで礼をした。その時ほの白い女の顔がさっと赤く染まって、寂しいほほえみの顔がはなやかな笑顔になった。それからは岡田は決まって窓の女に礼をして通る。

参《さん》

岡田《おかだ》は虞初新誌《ぐしょしんし》が好きで、中にも大鉄椎伝《だいてっついでん》は全文を暗唱することができるほどであった。それでよほど前から武芸がしてみたいという願望《がんもう》を持っていたが、つい機会がなかったので、何《なん》にも手を出さずにいた。近年競漕《きょうそう》をし始めてから、熱心になり、仲間に推《お》されて選手になるほどの進歩をしたのは、岡田のこの一面の意志が発展したのであった。

同じ虞初新誌のうちに、いま一つ岡田の好きな文章がある。それは小青伝《しょうせいでん》であった。あの伝に書いてある女、新しいことばで形容すれば、死の天使をしきいの外に待たせておいて、しずかに脂粉《しふん》の粧《よそお》いをこらすとでもいうよう

虞初新誌　逸話《いつわ》や伝記を集めた中国清《しん》代の文集。

大鉄椎伝　清の魏禧の作。大鉄槌で賊《ぞく》を討《う》った豪傑《ごうけつ》の伝記。

小青伝　作者未詳《みしょう》。薄命《はくめい》の少女の伝記。

な、美しさを性命にしているあの女が、どんなにか岡田の同情を動かしたであろう。女というものは岡田のためには、ただ美しいもの、愛すべきものであって、どんな境遇《きょうぐう》にも安んじて、その美しさ、愛らしさを護持していなくてはならぬように感ぜられた。それには平生《へいぜい》香奩体《こうれんたい》の詩を読んだり、sentimental《サンチマンタル》な、fatalistique《ファタリスチック》な明清《みんしん》のいわゆる才人の文章を読んだりして、しらずしらずの間にその影響《えいきょう》を受けていたためもあるだろう。

　岡田は窓の女に会釈《えしゃく》をするようになってからよほど久しくなっても、その女の身の上を探《さぐ》ってみようともしなかった。むろん家の様子や、女の身なりで、囲い者だろうとは察した。しかし別段それを不快にも思わない。名も知らぬが、強《し》いて知ろうともしない。標札を見たら、名がわかるだろうと思ったこともあるが、窓に女のいる時は女に遠慮《えんりょ》をする。そうでない時は近所の人や、往来の人の人目をはばかる。とうとう庇《ひさし》の陰《かげ》になっている小さい木札に、どんな字が書いてあるか見ずにいたのである。

肆《し》

sentimental
（フランス語）感傷的な。感情に全てをゆだねた。

fatalistique
（フランス語）宿命論的な。運命を不可避とする。

囲い者
別宅に住まわせておく妾《めかけ》（妻以外の女性）。

窓の女の種姓《すじょう》は、実は岡田《おかだ》を主人公にしなくてはならぬこの話の事件が過去に属してから聞いたのであるが、都合上ここでざっと話すことにする。

まだ大学医学部が下谷《したや》にある時のことであった。灰色の瓦《かわら》をしっくいで塗《ぬ》り込んで、碁盤《ごばん》の目のようにした壁《かべ》のところどころに、腕《うで》の太さの木を縦に並べてはめた窓の開いている、藤堂屋敷《とうどうやしき》の門長屋《もんながや》が寄宿舎になっていて、学生はその中で、ちと気の毒な申し分だが、野獣《やじゅう》のような生活をしていた。もちろん今はあんな窓を見ようと思ったって、わずかに丸の内の櫓《やぐら》に残っているくらいのもので、上野の動物園で獅子《しし》や虎《とら》を飼っておく檻《おり》の格子《こうし》なんぞは、あれよりははるかにきゃしゃにできている。

寄宿舎には小使《こづかい》がいた。それを学生は外使いに使うことができた。白木綿《しろもめん》の兵古帯《へこおび》に、小倉袴《こくらばかま》をはいた学生の買い物は、たいてい決まっている。いわゆる「羊羹《ようかん》」と「金米糖《こんぺいとう》」とである。羊羹というのは焼《や》き芋《いも》、金米糖というのははじけ豆であったということも、文明史上の参考に書き残しておく価値があるかもしれない。小使は一度の使い賃として二銭もらうことになってい

下谷にある時
東京大学医学部の前身である東京医学校は下谷和泉《いずみ》橋通り（現在の千代田区神田和泉町）にあった。

藤堂屋敷
伊勢の津藩《はん》藤堂和泉守《いずみのかみ》の藩邸《はんてい》。

丸の内の櫓
江戸《えど》城内の富士《ふじ》見櫓《みやぐら》など。

はじけ豆
そら豆を煎《い》ってはぜさせた菓子。

た。

この小使《こづかい》の一人に末造《すえぞう》というのがいた。ほかのはひげの栗《くり》の殻《から》のように伸《の》びた中に、口があんごり開いているのに、この男はいつもきれいにそったひげのあとの青い中に、唇《くちびる》が堅《かた》く結ばれていた。小倉服《こくらふく》もほかのは汚《よご》れているに、この男のはさっぱりしていて、どうかすると唐桟《とうざん》か何かを着て前掛《まえか》けをしているのを見ることがあった。

僕《ぼく》にいつ誰《たれ》が始めて噂《うわさ》をしたかしらぬが、金がない時は末造が立て替《か》えてくれるということを僕は聞いた。もちろん五十銭とか一円とかの金である。それがしだいに五円貸す十円貸すというようになって、借《か》る人に証文を書かせる、書き替えをさせる。とうとう一人前の高利貸しになった。いったい元手はどうしたのか。まさか二銭の使い賃を貯蓄《ちょちく》したのでもあるまいが、一匹《ぴき》の人間が持っているだけの精力を一時《いちじ》に傾注《けいちゅう》すると、実際不可能なことはなくなるかもしれない。

とにかく学校が下谷《したや》から本郷《ほんごう》に移るころには、もう末造は小使ではなかった。しかしそのころ池《いけ》の端《はた》へ越《こ》してきた末造の家へは、無分別な学生の出入

小倉服
厚地で丈夫《じょうぶ》な小倉織の布地で作った服。

唐桟
木綿《もめん》の縞《しま》織物の一種。通人が好んだ。

本郷に移る
東京医学校は明治九年に移転し翌年東京大学医学部と改称《かいしょう》。

池の端
不忍池《しのばずのいけ》のほとりの総称。茅《かや》町《ちょう》・仲町《なかちょう》・七軒《しちけん》町《ちょう》などがあった。

りが絶えなかった。

末造は小使になった時三十を越《こ》していたから、貧乏世帯《びんぼうぜたい》ながら、妻もあれば子もあったのである。それが高利貸しで成功して、池の端へ越してから後《のち》に、醜《みにく》い、口やかましい女房《にょうぼう》をあきたらなく思うようになった。

その時末造がある女を思い出した。それは自分が練塀町《ねりべいちょう》の裏からせまい露《ろ》地《じ》を抜《ぬ》けて大学へ通勤する時、おりおり見たことのある女である。どぶ板のいつもこわれているあたりに、年じゅう戸が半分閉めてある、薄暗《うすぐら》い家があって、夜その前を通って見れば、軒下《のきした》に車の付いた屋台が引き込《こ》んであるので、そうでなくても狭《せま》い露地を、体を斜《なな》めにして通らなくてはならない。最初末造の注意をひいたのは、この家に稽古三味線《けいこじゃみせん》の音《ね》のすることであった。それからその三味線《しゃみせん》の音の主《ぬし》が、十六七のかわいらしい娘《むすめ》だということを知った。貧しそうな家には似ず、この娘がいつも身ぎれいにしていて、着物も小ざっぱりとしたものを着ていた。戸口にいても、人が通るとすぐ薄暗い家の中へ引っ込んでしまう。何事にも注意深い性質の末造は、わざわざ探《さぐ》るともなしに、この娘が玉《たま》という子で、母親がなくて、おやじと二人暮らしで

練塀町 御徒町《おかちまち》に接して神田にあり、秋《あき》葉《は》の原《はら》・松永町《まつながちょう》・佐久間町《さくまちょう》に隣接《りんせつ》する。

いるということ、そのおやじは秋葉《あきは》の原《はら》に飴細工《あめざいく》の床店《とこみせ》を出しているということなどを知った。そのうちにこの裏店《うらだな》に革命的変動が起こった。例の軒下《のきした》に引き入れてあった屋台が、夜通って見てもなくなった。いつもひっそりしていた家とその周囲とへ、当時の流行語で言うと、開化というものが襲《おそ》ってでもきたのか、半分こわれて、半分はね返っていたどぶ板が張り替えられたり、入り口の模様替《もようが》えができて、新しい格子戸《こうしど》が立てられたりした。ある時入り口に靴《くつ》の脱《ぬ》いであるのを見た。それからまもなく、この家の戸口に新しい標札が打たれたのを見ると、巡査《じゅんさ》何の何某《なにがし》と書いてあった。末造は松永《まつなが》町《ちょう》から、仲徒町《なかおかちまち》へかけて、いろいろな買い物をして回る間《あいだ》に、また探るともなしに、飴屋のじいさんの内へ婿入《むこい》りのあったことを確かめた。標札にあった巡査がその婿なのである。お玉を目の球《たま》よりも大切にしていたじいさんは、こわい顔のおまわりさんに娘《むすめ》を渡《わた》すのを、天狗《てんぐ》にでもさらわれるように思い、その婿殿《むこどの》が自分のうちへ入り込《こ》んでくるのを、この上もなく窮屈《きゅうくつ》に思って、平生《へいぜい》心安くする誰彼《たれかれ》に相談したが、一人もことわってしまえとはっきり言ってくれるものがなかった。それ見たことか。こっちとらがいいところへ世話

秋葉の原　神田の秋葉原はもと火除《ひよけ》地としての原だった。

床店　屋台店。

をしようと言うのに、一人娘だから出されぬのなんのと、めんどうなことを言っていて、とうとうそんなことわりにくい婿さんが来るようになったと言うものもある。おまえがたのほうでいやなのなら、遠い所へでも越《こ》すよりほかあるまいが、相手がおまわりさんでみると、すぐにどこへ越したということを調べて、その先へかけ合うだろうから、どうも逃《に》げおおせることはできまいと、おどすように言うものもある。中にもいちばんものわかりのいいという評判のおかみさんの話がこうだ。「あの子はあんないい器量で、お師匠《ししょう》さんも芸ができそうだと言って褒《ほ》めておいでだから、早く芸者の下地《したじ》っ子《こ》にお出しと、わたしがそう言ったじゃありませんか。一人もののおまわりさんときた日には、一軒《けん》一軒見て回るのだから、子柄《こがら》のいいのをうちに置くと、いやおうなしに連れていってしまいなさる。どうもそういうかたに見込《みこ》まれたのは、不運だとあきらめるよりほか、しかたがないね。」というようなことを言ったそうだ。末造がこの噂《うわさ》を聞いてから、やっと三月ばかりもたったころであっただろう。飴細工屋のじいさんの家に、ある朝戸が閉まっていて、戸に「貸屋《かしや》差配《さはい》松永町《まつながちょう》西のはずれにあり」と書いて張ってあった。そこでま

下地っ子　芸者にするため遊芸を習わせ養育する少女。

差配　持主の代理で貸家などを管理する業者。

た近所の噂《うわさ》を、買い物のついでに聞いてみると、おまわりさんには国に女房《にょうぼう》も子供もあったので、それが出《だ》し抜《ぬ》けに尋《たず》ねてきて、大騒《おおさわ》ぎをして、お玉は井戸《いど》へ身を投げると言って飛び出したのを、立ち聞きをしていた隣《となり》のかみさんがようよう止めたということであった。おまわりさんが婿《むこ》に来るという時、じいさんはいろいろの人に相談したが、その相談相手のうちには一人もじいさんの法律顧問《こもん》になってくれるものがなかったので、じいさんは戸籍《こせき》がどうなっているやら、どんな届けがしてあるやら、いっさい無頓着《むとんじゃく》でいたのである。巡査《じゅんさ》がひげをひねって、手続きは万事おれがするからいいと言うのを、少しも疑わなかったのである。そのころ松永町《まつながちょう》の北角《きたずみ》という雑貨店に、色の白い円《まる》顔であごの短い娘《むすめ》がいて、学生は「あごなし」と言っていた。この娘が末造《すえぞう》にこう言った。「本当にたあちゃんはかわいそうでございますわねえ。正直な子だもんですから、全くのお婿さんだと思っていたのに、おまわりさんのほうでは、下宿したようなつもりになっていたというのですもの。」と言った。坊主頭《ぼうずあたま》の北角のおやじがそばから口を出した。「じいさんも気の毒ですよ。町内のおかたにお恥《は》ずかしくて、このままにしてはいられないと言って、西鳥越《にしとりごえ》の方へ越《こ》していきましたよ。それでも子供衆のお得意のある所でなくては、元の商売ができないというので、秋葉《あきは》の原《はら》へは出ているそうです。屋台も一度売ってしまって、佐久間町《さくまちょう》の古道具屋の店に出ていたのを、わけを話して取り返したということです。そんなことやら、引っ越しやらで、ずいぶんかかったはずですから、さぞ困っていますでしょう。おまわりさんが国の女房や子供を干し上げておいて、大きな顔をして酒を飲んで、上戸《じょうご》でもないじいさんに相手をさせていた間、まあ、ちょっと楽隠居《らくいんきょ》になった夢を見たようなものですな。」と、頭をつるりとなでて言った。それから後《のち》、末造は飴屋《あめや》のお玉さんのことを忘れていたのに、金ができてだんだん自由がきくようになったので、ふいとまた思い出したのである。

今では世間の広くなっている末造のことだから、手を回して西鳥越の方を尋《たず》ねさせてみると、柳盛座《りゅうせいざ》の裏の車屋の隣《となり》に、飴細工屋《あめざいくや》のじいさんのいるのをつきとめた。お玉も娘でいた。そこである大きい商人が妾《めかけ》に欲《ほ》しいと言うがどうだと、人をもってかけ合うと、最初は妾になるのはいやだと言っていたが、おとなしい女だけに、とうとう親のためだというので、松源《まつげん》で檀那《だんな》に

西鳥越
下谷の御徒町《おかちまち》・竹町を東へ浅草に入ったところの地。

上戸
酒をたくさん飲む人。

柳盛座
小芝居《しばい》を上演した小劇場《げきじょう》の一つ。

お目見えをするというところまで話が運んだ。

伍《ご》

金のことよりほか、何一つ考えたことのない末造《すえぞう》も、お玉のありかをつきとめるやいなや、まだ先方が承知するかせぬか知れぬうちに、自分で近所の借家《しゃくや》を捜《さが》して歩いた。何軒《なんげん》も見たうちで、末造の気に入った店《たな》が二軒あった。一つは同じ池《いけ》の端《はた》で、自分の住まっている福地源一郎《ふくちげんいちろう》の邸宅《ていたく》の隣《となり》と、そのころ名高かった蕎麦《そば》屋の蓮玉庵《れんぎょくあん》との真ん中ぐらいのところで、池の西南の隅《すみ》から少し蓮玉庵の方へ寄った、往来から少し引っ込《こ》めて建てた家である。四つ目垣《めがき》の内に、高野槇《こうやまき》が一本とちゃぼ檜葉《ひば》が二三本と植えてあって、植木の間から、竹格子《たけごうし》を打った肘懸《ひじか》け窓《まど》が見えている。貸家《かしゃ》の札が張ってあるので入って見ると、まだ人が住んでいて、五十ばかりのばあさんが案内をして中を見せてくれた。そのばあさんが問わずがたりに言うには、主人は中国辺のある大名の家老であったが、廃藩《はいはん》になってから、小使い取りに大蔵省《おおくらしょう》の属

お目見え　奉公人が初めて主人と対面すること。

店　ここでは貸家・借家。

福地源一郎　(一八四一〜一九〇六)号は桜痴《おうち》。劇作家・ジャーナリスト。

四つ目垣　丸太を立ててその間に竹を縦横に組んだ垣根。

属官　下級官吏。

官を勤めている。もう六十幾《いく》つとかになるが、きれい好きで、東京じゅうを歩いて、新築の借家を捜《さが》して借りるが、少し古びてくると、すぐ引き越《こ》す。もちろん子供は別になってしまってから久しくなるので、家を荒《あ》らすようなことはないが、どうせ住んでいるうちに古くなるので、障子《しょうじ》の張《は》り替《か》えもしなくてはならず、畳《たたみ》の表も換《か》えなくてはならない。そんなめんどうをなるたけせぬようにして、さっさと引き越すのだと言うのである。ばあさんはそれがいやでならぬので、知らぬ人にも夫の壁訴訟《かべそしょう》をする。「このうちなんぞもまだこんなにきれいなのに、もう越すと申すのでございますよ。」と言って、うちじゅうを細かに見せてくれた。どこからどこまで、かなりきれいに掃除《そうじ》がしてある。末造はちょっといいと思って、敷金《しききん》と家賃と差配《さはい》の名とを、手帳に書き留めて出た。

今一つは無縁坂《むえんざか》の中ほどにある小家《こいえ》である。それは札も何も出ていなかったが、売りに出たのを聞いて見に行った。持ち主は湯島切通《ゆしまきりどお》しの質屋で、その隠居《いんきょ》がついこのあいだまで住んでいたのが亡《な》くなったので、ばあさんは本店へ引き取られたというのである。隣が裁縫《さいほう》の師匠《ししょう》をしているので、少し

壁訴訟
当の相手なしに独りで不平を言うこと。

敷金
借り手が家主に納める保証金。

騒《さわ》がしいが、わざわざ隠居所《いんきょ》に木なんぞを選んで立てたものゆえ、どことなく住《す》み心地《ごこち》がよさそうである。入り口の格子戸《こうしど》から、花崗石《みかげいし》を塗《ぬ》り込《こ》めたたたきの庭まで、こざっぱりと奥《おく》ゆかしげにできている。

末造は一晩床《とこ》の上に寝《ね》ころんで、二つのうちどれにしようかと考えた。そばには女房《にょうぼう》が子供を寝かそうと思って、自分もいっしょに寝入ってしまって、大きな口を開《あ》いて、女らしくないいびきをしている。亭主《ていしゅ》が夜、貸し金の利回しを考えて、いつまでも眠《ねむ》らずにいるのは常のことなので、女房はいつまで亭主が目を開いていようが、少しも気になんぞはせぬのである。末造は腹のうちでおかしくてたまらない。考えつつ女房の顔を見て、こう思った。

「まあ、同じ女でもこんな面《つら》をしているのもある。あのお玉はだいぶ久しく見ないが、あの時はまだ子供上がりであったのに、おとなしい中に意気なところのある、震《ふる》いつきたいような顔をしていた。さぞこのごろは女ぶりを上げているだろうな。顔を見るのが楽しみだな。かかあめ。平気で寝てけつかる。おれだって、いつも金のことばかり考えているのだと思うと、大違《おおちが》いだぞ。おや。もう蚊《か》が出やがった。下谷《したや》はこれだからいやだ。そろそろ蚊屋《かや》をつらなくちゃあ、かかあはいいが、子供が食われるだろう。」こんなことを思っては、また家のことを考えてみる。どうか、こうか断案に到着《とうちゃく》したらしく思ったのは、一時過ぎであった。それはこうである。「あの池《いけ》の端《はた》の家は、人は見晴らしがあっていいなんぞと言うかもしれないが、見晴らしはこの家でたくさんだ。家賃が安いが、借家となると何やかや手がかかる。それになんとなく開け広げたような場所で、人の目につきそうだ。うっかり窓でもあけていて、子供を連れて仲町《なかちょう》へ出かけるかかあにでも見られようものならめんどうだ。無縁坂《むえんざか》のほうは陰気《いんき》なようだが、学生が散歩に出て通るくらいよりほかに、人のあまり通らないところになっている。一時に金を出して買うのはおっくうなようだが、木道具のいいのが使ってあるわりに安いから、保険でもつけておけばいつ売ることになっても元値は取れると思って安心していられる。無縁坂にしよう、しよう。おれが夕方にでもなって、湯にでも行って、気のきいた支度《したく》をして、かかあにいいかげんなことを言って、だまくらかして出かけるのだな。そしてあの格子戸《こうしど》を開けて、ずっと入っていったら、どんなあんばいだろう。お玉の奴《やつ》め。猫《ねこ》か何かをひざにのっけて、さびしがって待っていやがるだろうなあ。もちろんお作りをして待っているのだ。着物なんぞはどうでもしてやる。待てよ。ばかな銭《ぜに》を使ってはならないぞ。質流れにだって、立派なものがある。女一人に着物や頭の物のぜいたくをさせるには、世間の奴《やつ》のするような、ばかを尽《つ》くさなくてもいい。隣《となり》の福《ふく》地《ち》さんなんぞは、おれのうちより大きな構えをしていて、数寄屋町《すきやまち》の芸者を連れて、池《いけ》の端《はた》をぶらついて、書生さんをうらやましがらせて、いい気になっていなさるが、内証は火の車だ。学者が聞いてあきれらあ。筆先でうまいことをすりゃあ、お店《たな》ものだってお払《はら》い箱《ばこ》にならあ。おう、そうそう。お玉は三味線《しゃみせん》が弾《ひ》けたっけ。爪弾《つめび》きで心意気でも聞かせてくれるようだといいが、巡査《じゅんさ》のかみさんになったよりほかに世間を知らずにいるのだから、だめだろうなあ。お笑いなさるからいやだわとか、なんとか言って、弾けと言っても、なかなか弾かないだろうて。ほんになんにつけても、はにかみゃあがるだろう。顔を赤くしてもじもじするに違《ちが》いない。おれが始めて行った晩には、どうするだろう。」空想は縦横に馳騁《ちへい》して、底止《ていし》するところを知らない。かれこれするうち、想像が切れ切れになって、白い肌《はだ》がちらつく。ささやき

お作り　化粧《けしょう》や身支度《みじたく》。

数寄屋町　南の池の端に接した町。

お店もの　商家の奉公人。

爪弾き　指先ではじいて鳴らすこと。

心意気　地唄・端唄のさわり。

馳騁　かけめぐること。

が聞こえる。末造はいい心持ちに寝入《ねい》ってしまった。そばにかみさんは相変わらずいびきをしている。

陸《ろく》

松源《まつげん》の目見えというのは、末造《すえぞう》がためには一《いっ》のfête《フェエト》であった。一口に爪《つめ》に火をともすなどとはいうが、金をためる人にはいろいろある。細かいところに気をつけて、ちり紙を二つに切っておいて使ったり、用事を葉書ですますために、顕微鏡《けんびきょう》がなくては読まれぬような字を書いたりするのは、どの人にも共通している性質だろうが、それを絶待的《ぜったいてき》に自己の生活の全範囲《ぜんはんい》に及《およ》ぼして、真に爪に火をとぼす人と、どこかに一つ穴を開けて、息を抜《ぬ》くようにしている人とがある。これまで小説に書かれたり、芝居《しばい》にしくまれたりしている守銭奴《しゅせんど》は、ほとんど絶待的な奴ばかりのようである。活《い》きた、金をためる男には、実際そうでないのが多い。けちなくせに、女には目がないとか、不思議に食いおごりだけはするとかいうのがそれである。前にもちょっと話し

fête　（フランス語）祭。祝典。
絶待的　絶対的。
爪に火をとぼす　極端にけちなことのたとえ。

たようであったが、末造は小ぎれいな身なりをするのが道楽で、まだ大学の小使《こづかい》をしていた時なんぞは、休日になると、お定まりの小倉《こくら》の筒袖《つつそで》を脱《ぬ》ぎ捨てて、気のきいた商人《あきんど》らしい着物に着換《きか》えるのであった。そしてそれを一種の楽しみにしていた。学生どもがまれに唐桟《とうざん》ずくめの末造に邂逅《かいこう》して、びっくりすることのあったのは、こうしたわけである。そこで末造には、このほかにこれという道楽がない。芸娼妓《げいしょうぎ》なんぞにかかり合ったこともなければ、料理屋を飲んで歩いたこともない。蓮玉《れんぎょく》で蕎麦《そば》を食うぐらいが既《すで》に奮発《ふんぱつ》の一つになっていて、女房《にょうぼう》や子供はよほど前まで、こういう時連れていってもらうことができなかった。それは女房の身なりを自分の支度《したく》につりあうようにはしていなかったからである。女房が何かねだると、末造はいつも「ばかを言うな、手前《てまえ》なんぞはおれとは違《ちが》う、おれはつきあいがあるから、しかたなしにしているのだ。」と言ってはねつけたのである。その後《のち》だいぶ金が子を生んでからは、末造も料理屋へ出入《ではい》りすることがあったが、これは大勢の寄り合う時に限っていて、自分だけが客になって行くのではなかった。それがお玉に目見えをさせるということになって、ふいと晴れがましい、solennel《ソランネル》

筒袖
たもとがなく袖が筒のようになっている服。

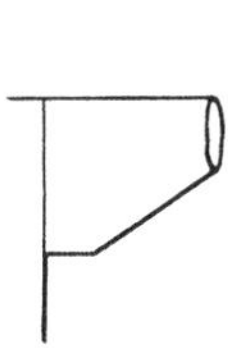

芸娼妓
芸者や遊女。

金が子を生んで
金銭が利子によってふえて。

solennel
（フランス語）儀式ばった。

な心持ちになって、目見えは松源《まつげん》にしようと言い出したのである。
　さていよいよ目見えをさせようとなった時、避《さ》くべからざる問題ができた。それはお玉さんの支度である。お玉さんのばかりならいいが、じいさんの支度までしてやらなくてはならないことになった。これには中に立って口をきいたばあさんもすこぶる窮《きゅう》したが、じいさんの言うことは娘《むすめ》が一も二もなく同意するので、それを強《し》いて抑《おさ》えようとすると、根本的に談判が破裂《はれつ》しないにも限らぬという状況《じょうきょう》になったからしかたがない。じいさんの申し分はざっとこうであった。「お玉はわたしの大事な一人娘で、それもよその一人娘とは違《ちが》って、わたしの身よりというものは、あれよりほかには一人もない。わたしは亡《な》くなった女房一人をたよりにして、寂《さび》しい生涯《しょうがい》を送ったものだが、その女房が三十を越《こ》しての初産《ういざん》でお玉を生んでおいて、とうとうそれが病みつきで亡くなった。もらい乳《ちち》をして育てていると、やっと四月《よつき》ばかりになった時、江戸《えど》じゅうにはやった麻疹《はしか》になって、お医者が見切ってしまったのを、わたしは商売も何も投げやりにして介抱《かいほう》して、やっと命を取り留めた。世間は物騒《ぶっそう》な最中で、井伊《いい》様がお殺されなすってから二年目、生麦《なまむぎ》で西洋人が斬《き》

井伊様
井伊直弼《なおすけ》（一八一五〜六〇）幕府大老。桜田門外で暗殺された。

生麦
横浜市鶴見区にある地名。生麦事件は文久二年（一八六二）。

られたという年であった。それからというものは、店も何もなくしてしまったわたしが、何遍《なんべん》もいっそのこと死んでしまおうかと思ったのを、小さい手でわたしの胸をいじって、大きい目でわたしの顔を見て笑う、かわいいお玉をいっしょに殺す気にならられないばっかりに、できない我慢《がまん》をして一日一日と命をつないでいた。お玉が生まれた時、わたしはもう四十五で、おまけに苦労をし続けて年よりふけていたのだが、一人口《ぐち》は食えなくても二人口は食えるなどといって、小金を持った後家さんのところへ、入り婿《むこ》に世話をしよう、子供は里にでもやってしまえと、親切に言ってくれた人もあったが、わたしはお玉がかわいさに、そっけもなくことわった。それまでにして育てたお玉を、貧《ひん》すれば鈍《どん》するとやらいうわけで、とんだ不実な男の慰《なぐさ》み物にせられたのが、悔やしくて悔やしくてならないのだ。しあわせなことには、いい娘《むすめ》だと人も言ってくださるあの子だから、どうか堅気《かたぎ》な人にやりたいと思っても、わたしという親があるので、誰《だれ》ももらおうと言ってくれぬ。それでも囲い者や妾《めかけ》には、どんなことがあっても出すまいと思っていたが、堅《かた》い檀那《だんな》だと、お前さんがたがおっしゃるから、お玉も来年は二十《はたち》になるし、あまり

一人口は食えなくても二人口は食える　独身よりも夫婦の方が経済的に生活できる。

後家　夫に死別した女性。

貧すれば鈍する　貧乏すると人間が愚鈍になる。

薹《とう》の立たないうちに、どうかしてやりたさに、とうとうわたしは折れ合ったのだ。そうした大事なお玉をあげるのだから、ぜひわたしがいっしょに出て、檀那にお目にかからなくてはならぬ。」と言うのである。

　この話を持ち込《こ》まれた時、末造は自分の思わくの少し違《ちが》ってきたのをあきたらず思った。それはお玉を松源《まつげん》へ連れてきてもらったら、世話をするばあさんをなるたけ早く帰してしまって、お玉と差し向かいになって楽しもうと思ったあてがはずれそうになったからである。どうも父親がいっしょに来るとなると、意外に晴れがましいことになりそうである。末造自身も一種の晴れがましい心持ちはしているが、それはこれまで抑《おさ》え抑えてきた欲望のいましめを解く第一歩を踏《ふ》み出そうという、門出《かどで》のよろこびの意味で、tête-à-tête《テタテト》はそれには第一要件になっていた。ところがそこへおやじが出てくるとなると、その晴れがましさの性質がまるで変わってくる。ばあさんの話に聞けば、親子とも物堅《ものがた》い人間で、最初は妾奉公《めかけぼうこう》はいやだと言って、二人いっしょになってことわったのを、ばあさんがある日娘を外へ呼んで、もうだんだん稼《かせ》がれなくなるお父《と》っさんに楽がさせたくはないかと言って、いろいろに説き

薹の立たないうちに　若い盛りの時期が過ぎないうちに。

tête-à-tête　（フランス語）二人差向かい。

勧めて、とうとう合点させて、そのうえでおやじに納得させたということである。それを聞いた時は、そんな優《やさ》しい、おとなしい娘《むすめ》を手に入れることができるのかと心中ひそかに喜んだのだが、それほど物堅《ものがた》い親子がそろって来るとなると、松源《まつげん》での初対面はなんとなく婿《むこ》が岳父《しゅうと》に見参《げんざん》するというふうになりそうなので、その方角の変わった晴れがましさは、末造の熱した頭に一《いっ》杓《しゃく》の冷水を浴びせたのである。

しかし末造はあくまで立派な実業家だというふれこみを実《じつ》にしなくてはならぬと思っているので、先方へはおおようなところが見せたさに、とうとう二人の支度《したく》を引き受けた。それにはお玉を手に入れたうえでは、どうせおやじの身の上も捨《す》ててはおかれぬのだから、ただ後ですることが先になるにすぎぬというあきらめも手伝って、末造に決心させたのである。

そこであたりまえなら支度料幾《いく》らといって、まとまった金を先方へ渡《わた》すのであるが、末造はそうはしない。身なりを立派にする道楽のある末造は、自分だけの仕立物《したてもの》をさせる家があるので、そこへ事情を打ち明けて、似つかわしい二人の衣類をあつらえた。ただ寸法だけを世話を頼《たの》んだばあさんの手で

岳父
妻の父。

お玉さんに問わせたのである。気の毒なことには、この油断のない、けちな末造の処置を、お玉親子はたいそう善意に解釈《かいしゃく》して、現金を手に渡《わた》されぬのを、自分たちが尊敬せられているからだと思った。

漆《しち》

上野広小路《ひろこうじ》は火事の少ない所で、松源の焼けたことは記憶《きおく》にないから、今もその座敷《ざしき》があるかもしれない。どこか静かな、小さい一間《ひとま》をとあつらえておいたので、南向きの玄関《げんかん》から上がって、まっすぐに廊下《ろうか》を少し歩いてから、左へ入る六畳《じょう》の間《ま》に、末造《すえぞう》は案内せられた。

印半纏《しるしばんてん》を着た男が、渋紙《しぶかみ》の大きな日覆《ひおい》を巻いている最中であった。「どうも暮れてしまいますまでは夕日が入《い》れますので。」と、案内をした女中が説明をしておいて下がった。真偽《しんぎ》のわからぬ肉筆の浮世絵《うきよえ》の軸物《じくもの》を掛《か》けて、一輪挿《いちりんざし》に山梔《くちなし》の花をいけた床《とこ》の間《ま》を背にして座を占《し》めた末造は、鋭《するど》い目であたりを見回した。

印半纏　襟《えり》や袖《そで》に屋号や姓名《せいめい》などを染めた半纏。

二階と違《ちが》って、そのころからずっと後《のち》に、殺風景にも競馬《けいば》の埒《らち》にせられて、それから再び滄桑《そうそう》を閲《けみ》して、自転車の競走場になった、あの池の縁《ふち》の往来から見込《みこ》まれぬようにと、せっかくの不忍《しのばず》の池《いけ》に向いた座敷《ざしき》の外は籠塀《かごべい》で囲んである。塀と家との間には、帯のように狭《せま》く長い地面があるきりなので、もとより庭というほどのものは作られない。末造の座《すわ》っている所からは、二三本寄せて植えた梧桐《あおぎり》の、油雑巾《あぶらぞうきん》でふいたような幹が見えている。それから春日灯籠《かすがどうろう》が一つ見える。そのほかにはとびとびに立っている、小さい側柏《ひのき》があるばかりである。しばらく照り続けて、広小路《ひろこうじ》は往来の人の足もとから、白い土煙《つちけぶり》が立つのに、この塀の内は打ち水をした苔《こけ》が青々としている。

まもなく女中が蚊遣《かや》りと茶を持ってきて、注文を聞いた。末造は連れが来てからにしようと言って、女中を立たせて、ひとり煙草《たばこ》をのんでいた。初め座った時は少し熱いように思ったが、しばらくたつと台所や便所のあたりを通って、いろいろの物の香《か》を、かすかに帯びた風が、廊下《ろうか》の方からおりおり吹《ふ》いてきて、そばに女中の置いていった、よごれたうちわを手に取るには及《およ》ばぬくらいであった。

競馬の埒
馬場の周囲の柵《さく》。

滄桑を閲して
世の中の激しい変化を経て。

籠塀
竹などを籠《かご》の目のように交差させて組んだ垣根《かきね》。

春日灯籠
奈良《なら》の春日大社境内《けいだい》の石灯籠にならったもの。

末造は床《とこ》の間《ま》の柱に寄りかかって、煙草の煙《けぶり》を輪に吹《ふ》きつつ、空想にふけった。いい娘《むすめ》だと思って見て通ったころのお玉《たま》は、なんといってもまだ子供であった。どんな女になっただろう。どんな様子をして来るだろう。とにかくじいさんが付いてくることになったのは、いかにもまずかった。どうにかしてじいさんを早く帰してしまうことはできぬかしらんなんぞと思っている。二階では三味線《しゃみせん》の調子を合わせはじめた。

廊下に二三人の足音がして、「お連れ様が。」と女中が先へ顔を出して言った。「さあ、ずっとお入りなさいよ。檀那《だんな》はさばけたかただから、遠慮《えんりょ》なんぞなさらないがいい。」くつわ虫の鳴くような調子でこう言うのは、世話をしてくれた、例のばあさんの声である。

末造はつと席を起《た》った。そして廊下に出てみると、腰《こし》をかがめて、曲がり角の壁際《かべぎわ》に躊躇《ちゅうちょ》しているじいさんの後ろに、怯《おく》れた様子もなく、ものめずらしそうにあたりを見て立っているのがお玉であった。ふっくりした円《まる》顔の、かわいらしい子だと思っていたに、いつのまにか細面《ほそおもて》になって、体も前よりはすらりとしている。さっぱりとした銀杏返《いちょうがえ》しに結《い》って、こんな場合に人の

怯れた　気おくれして心がひるむこと。

する厚化粧《あつげしょう》なんぞはせず、ほとんど素顔《すがお》といってもよい。それが想像していたとは全く趣《おもむき》が変わっていて、しかもいっそう美しい。末造はその姿を目に吸い込《こ》むように見て、心の内に非常な満足を覚えた。お玉のほうでは、どうせ親の貧苦《ひんく》を救うために自分を売るのだから、買い手はどんな人でもかまわぬと、捨て身の決心で来たのに、色の浅黒い、鋭《するど》い目に愛敬《あいきょう》のある末造が、上品な、目立たぬ好《この》みの支度《したく》をしているのを見て、捨てた命を拾ったように思って、これも刹那《せつな》の満足を覚えた。

末造はじいさんに、「ずっとあっちへお通りなすってください。」と丁寧《ていねい》に言って、座敷《ざしき》の方を指さしながら、目をお玉さんの方へ移して、「さあ。」と促《うなが》した。そして二人を座敷へ入れておいて、世話をするばあさんを片陰《かたかげ》へ呼んで、紙に包んだ物を手に握《にぎ》らせて、何やらささやいた。ばあさんはお歯黒をはがした痕《あと》のきたない歯を見せて、うやうやしいような、人をばかにしたような笑いようをして、頭を二三遍《べん》かがめて、そのままあとへ引き返していった。

座敷に帰って、親子のものの遠慮《えんりょ》して入《はい》り口《ぐち》に一塊《ひとかたまり》になっているのを見て、末造は愛想《あいそ》よく席を進めさせて、待っていた女中に、料理の注文をした。まもなく「おとし」を添えた酒が出たので、まずじいさんに杯《さかずき》をすすめて、ものを言ってみると、元は相応な暮らしをしただけあって、にわかに身なりをこしらえて座敷へ通った人のようではなかった。

最初はじいさんを邪魔《じゃま》にして、いらいらしたような心持ちになっていた末造も、しだいに感情を融和《ゆうわ》させせられて、全く予想しなかった、しんみりした話をすることになった。そして末造は自分の持っているかぎりのあらゆる善良な性質を表へ出すことを努めながら、心の奥《おく》には、おとなしい気立ての、お玉に信頼《しんらい》する念を起こさしめるには、この上もない、適当な機会が、偶然《ぐうぜん》に生じてきたのを喜んだ。

料理が運ばれたころには、一座はなんとなく一家のものが遊山《ゆさん》にでも出て、料理屋に立ち寄ったかと思われるような様子になっていた。平生《へいぜい》妻子に対しては、tyran《チラン》のようなふるまいをしているので、妻からはあるときは反抗《はんこう》をもって、あるときは屈従《くつじゅう》をもって遇《ぐう》せられている末造は、女中の立ったあとで、恥《は》ずかしさに赤くした顔に、つつましやかな微笑《びしょう》をたたえて酌《しゃく》をするお

おとし　お通し。料理の最初に出す酒の肴《さかな》。

tyran　（フランス語）暴君。

玉を見て、これまで覚えたことのない淡《あわ》い、地味な歓楽《かんらく》を覚えた。しかし末造はこの席で幻《まぼろし》のように浮《う》かんだ幸福の影《かげ》を、無意識に直覚しつつも、なぜ自分の家庭生活にこういう味が出ないかと反省したり、こういうよそゆきの感情を不断に維持《いじ》するには、どれだけの要約がいるか、その要約が自分や妻にみたされるものか、みたされないものかと商量したりするほどの、緻密《ちみつ》な思慮《しりょ》は持っていなかった。

突然塀《とつぜんへい》の外に、かちかちと拍子木《ひょうしぎ》を打つ音がした。続いて「へい、何か一枚ごひいき様を。」と言った。二階にしていた三味線《しゃみせん》の音《ね》が止まって、女中が手すりにつかまって何か言っている。下では、「へい、さようなら成田屋《なりたや》の河内山《こうちやま》と音羽屋《おとわや》の直侍《なおざむらい》を一つ、最初は河内山。」と言って、声色《こわいろ》を使いはじめた。

銚子《ちょうし》を換《か》えに来ていた女中が、「おや、今晩のは本当のでございます。」と言った。

末造にはわからなかった。「本当のだの、うそのだのといって、いろいろありますかい。」

要約
　必要な条件。

商量
　あれこれとはかり考えること。

成田屋
　ここでは九代目市川団十郎《いちかわだんじゅうろう》（一八三八～一九〇三）。

河内山
　河竹黙阿弥《かわたけもくあみ》の作『天衣紛上野初花《くもにまごううえののはつはな》』の主人公河内山宗俊《そうしゅん》。直侍（片岡直次郎）はその相棒。

音羽屋
　ここでは五代目尾上菊五郎《おのえきくごろう》（一八四四～一九〇三）。

声色

「いえ、近ごろは大学の学生さんがやってお回りになります。」

「やっぱり鳴り物入りで。」

「ええ。支度《したく》から何からそっくりでございます。でもお声でわかります。」

「そんなら決まった人ですね。」

「ええ。お一人しか、なさるかたはございません。」女中は笑っている。

「姉さん、知っているのだね。」

「こちらへもちょいちょいいらっしゃったかただもんですから。」

じいさんがそばから言った。「学生さんにも、ご器用なかたがあるものですね。」

女中は黙《だま》っていた。

末造が妙《みょう》に笑った。「どうせそんなのは、学校ではできない学生なのですよ。」こう言って、心のうちには自分のところへ、いつも来る学生どものことを考えている。中にはずいぶん職人のまねをして、小店《こみせ》というところを冷やかすのがおもしろいなどと言って、ふだんも職人のようなことばづかいをしている人がある。しかしまさかまじめに声色をつかって歩く人があろうとは、

役者のせりふまわしをまねること。
鳴り物入り　楽器を伴奏《ばんそう》に入れること。
小店　遊郭《ゆうかく》で最下級の格の店。

末造も思っていなかったのである。

一座の話を黙《だま》って聞いているお玉を、末造がちょっと見て言った。

「お玉さんは誰《だれ》がひいきですか。」

「わたくしひいきなんかございませんの。」

じいさんがことばを添《そ》えた。「芝居《しばい》へいっこうまいりませんのですから。柳盛座《りゅうせいざ》がじき近所なので、町内の娘《むすめ》さんたちがみなのぞきにまいりましても、お玉はちっともまいりません。好きな娘さんたちは、あのどんちゃんどんちゃんが聞こえてはうちにじっとしてはいられませんそうで。」

じいさんの話は、つい娘自慢《じまん》になりたがるのである。

捌《はち》

話が決まって、お玉は無縁坂《むえんざか》へ越《こ》してくることになった。

ところが、末造《すえぞう》がひどく簡単に考えていた、この引き越しにも多少のめんどうがつきまとった。それはお玉が父親をなるたけ近い所に置いて、ちょいちょい尋《たず》ねていって、気をつけてあげるようにしたいと言い出したからである。最初からお玉は、自分がもらう給金の大部分を割《さ》いて親に送って、もう六十を越している親に不自由のないように、小女《こおんな》の一人ぐらいつけておこうと考えていた。そうするには、今まで住まった鳥越《とりごえ》の車屋と隣《となり》合《あ》わせになっている、見苦しい家に親を置かなくてもいい。同じことなら、もっと近い所へ越させたいということになった。ちょうど見合いに娘ばかり呼ぶはずのところへ、おやじが来るようになったと同じわけで、末造は妾宅《しょうたく》の支度《したく》をしてお玉を迎《むか》えさえすればいいと思っていたのに、実際は親子二人の引き越しをさせなくてはならぬことになったのである。

　もちろんお玉は親の引き越しは自分が勝手にさせるのだから、いっさい檀《だん》那《な》に迷惑《めいわく》をかけないようにしたいと言っている。しかし話を聞かせられてみれば、末造もまるで知らぬ顔をしていることはできない。見合いをしていっそう気に入ったお玉に、例の気前を見せてやりたい心持ちが手伝って、とうとうお玉が無縁坂へ越すと同時に、かねて末造が見ておいた、いま一軒《けん》の池《いけ》の端《はた》の家へおやじも越すということになった。こう相談相手になってみれば、

小女　年の若い女中。

いくらお玉が自分のもらう給金の内で万事《ばんじ》すましたいと言ったといって、みすみす苦しいことをするのを知らぬ顔はできず、何かにつけて物入りがある。それを末造が平気で出すのに、世話を焼いているばあさんの目をみはることがたびたびであった。

両方の引き越し騒《さわ》ぎが片づいたのは、七月の中ごろでもあったか。ういういしいことばづかいや立ち居ふるまいが、ひどく気に入ったと見えて、金貸し業のほうで、あらゆる峻烈《しゅんれつ》な性分《しょうぶん》を働かせている末造が、お玉に対しては、柔和《にゅうわ》な手段の限りを尽《つ》くして、毎晩のように無縁坂《むえんざか》へ通ってきて、お玉の機《き》嫌《げん》を取っていた。ここにはちょっと歴史家のよく言う、英雄《えいゆう》の半面といったような趣《おもむき》がある。

末造は一夜も泊《と》まってゆかない。しかし毎晩のように来る。例のばあさんが世話をして、梅《うめ》という、十三になる小女を一人置いて、台所で子供のままごとのようなまねをさせているだけなので、お玉はしだいに話し相手のない退屈《たいくつ》を感じて、夕方になれば、早く檀那《だんな》が来てくれればいいと待つ心になって、それに気がついて、自分で自分を笑うのである。鳥越《とりごえ》にいた時も、お

峻烈な性分　きびしくはげしい性質。
英雄の半面　ことわざ「英雄色を好む」などをふまえる。

父《と》っさんが商売に出たあとで、お玉は留守《るす》にひとりで、内職をしていたが、もうこれだけ仕上げれば幾《いく》らになる、そうしたらお父っさんが帰って驚《おどろ》くだろうと励《はげ》んでいたので、近所の娘《むすめ》たちと親しくしないお玉も、退屈だと思ったことはなかったのである。それが生活の上の苦労がなくなると同時に、始めて退屈ということを知った。

それでもお玉の退屈は、夕方になると、檀那が来て慰《なぐさ》めてくれるから、まだいい。おかしいのは、池《いけ》の端《はた》へ越したじいさんの身の上で、これも渡世《とせい》に追われていたのが、急に楽になりすぎて、自分でも狐《きつね》につままれたようだと思っている。そして小さいランプの下で、これまでお玉と世間話をして過ごした水入らずの晩が、過ぎ去った、美しい夢のように恋《こい》しくてならない。そしてお玉が尋《たず》ねてきそうなものだと、絶えずそればかり待っている。ところがもうだいぶ日がたったのに、お玉は一度も来ない。

最初一日二日の間、じいさんはきれいな家に入ったうれしさに、田舎出《いなかで》の女中には、水汲《く》みや飯炊《めした》きだけさせて、自分で片づけたり、掃除《そうじ》をしたりしていて、ちょいちょい足らぬ物のあるのを思い出しては、女中を仲町《なかちょう》へ走らせて、

狐につままれたよう　狐にばかされたように、わけがわからずぼんやりしているさま。

買ってこさせた。それから夕方になると、女中が台所でことこと音をさせているのを聞きながら、肘掛《ひじか》け窓《まど》の外の高野槇《こうやまき》の植えてある所に打ち水をして、煙草《たばこ》をのみながら、上野の山で鴉《からす》が騒《さわ》ぎだして、中島《なかじま》の弁天の森や、蓮《はす》の花の咲《さ》いた池の上に、しだいに夕靄《ゆうもや》が漂《ただよ》ってくるのを見ていた。じいさんはありがたい、結構だとは思っていた。しかしその時から、なんだかもの足らぬような心持ちがし始めた。それは赤子の時から、自分一人の手で育てて、ほとんどものを言わなくても、互《たが》いに意志を通じ得られるようになっていたお玉、何事につけても優《やさ》しくしてくれたお玉、外から帰ってくれば待っていてくれたお玉がいぬからである。窓に座《すわ》っていて、池の景色を見る。往来の人を見る。今跳《は》ねたのは大きな鯉《こい》であった。今通った西洋婦人の帽子《ぼうし》には、鳥が一羽まるで付けてあった。そのたびごとに、「お玉あれを見い。」と言いたい。それがいないのがもの足らぬのである。

三日四日となったころには、しだいに気がいらいらしてきて、女中のそばへ来て何かするのが気にさわる。もう何十年か奉公人《ほうこうにん》を使ったことがないのに、がんらい優しい性分だから、小言は言わない。ただ女中のすることが

中島　不忍池《しのばずのいけ》の中にある島。弁財天を祀《まつ》る。

一羽まるで　一羽そのままをまるごと。

一々自分の意志に合わぬので、不平でならない。起居《たちい》のおとなしい、何をしてものに柔《やわ》らかに当たるお玉と比べて見られるのだから、田舎《いなか》から出たばかりの女中こそいい迷惑《めいわく》である。とうとう四日目の朝飯《あさめし》の給仕をさせている時、汁《しる》わんの中へ親指を突《つ》っ込《こ》んだのを見て、「もう給仕はしなくてもいいから、あっちへ行っていておくれ。」と言ってしまった。

食事をしまって、窓から外を見ていると、空は曇《くも》っていても、雨の降りそうな様子もなく、かえって晴れた日よりは暑くなくてよさそうなので、気を晴らそうと思って、外へ出た。それでももし留守《るす》にお玉が来はすまいかと気づかって、わが家の門口《かどぐち》をおりおり振《ふ》り返って見つつ、池のそばを歩いている。そのうち茅町《かやちょう》と七軒町《しちけんちょう》との間から、無縁坂《むえんざか》の方へ行く筋に、小さい橋のかかっているところに来た。ちょっと娘《むすめ》のうちへ行ってみようかと思ったが、なんだか改まったような気がして、我ながら不思議な遠慮《えんりょ》がある。これが女親であったら、こんな隔《へだ》てはどんな場合にもできまいのに、不思議だ、不思議だと思いながら、橋を渡《わた》らずに、やはり池のそばを歩いている。ふと心づくと、ちょうど末造の家がどぶの向こうにある。これは口入れのばあさんが、

口入れ　奉公人を仲介斡《あっ》旋《せん》する業者。

こんど越《こ》して来た家の窓から、指さしをして教えてくれたのである。見れば、なるほど立派な構えで、高い土塀《どべい》の外回りに、殺《そ》ぎ竹《だけ》が斜《なな》めに打ち付けてある。福地《ふくち》さんという、えらい学者の家だと聞いた、隣《となり》のほうは、広いことは広いが、建物も古く、こっちの家に比べると、けばけばしいところといかめしげなところとがない。しばらく立ち留まって、昼も厳重に閉めきってある、白木造りの裏門の扉《とびら》を見ていたが、あの内へ入ってみたいと思う心は起《お》こらなかった。しかし何をどう思うでもなく、一種のはかない、寂《さび》しい感じに襲《おそ》われて、しばらく茫然《ぼうぜん》としていた。ことばにあらわして言ったら、落ちぶれて娘《むすめ》を妾《めかけ》に出した親の感じとでもいうよりほかあるまい。

とうとう一週間たっても、まだ娘は来なかった。恋《こい》しい、恋しいと思う念が、内攻《ないこう》するように奥《おく》深く潜《ひそ》んで、あいつ楽な身の上になって、親のことを忘れたのではあるまいかという疑いが頭をもたげてくる。この疑いは仮に故意に起《お》こしてみて、それをもてあそんでいるとでもいうべき、きわめて淡《あわ》いもので、疑いは疑いながら、どうも娘を憎《にく》く思われない。ちょうど人に対してものを言う時に用いる反語のように、いっそ娘が憎くなったらよかろうと、

殺ぎ竹　先を斜めに切った竹。

白木造り　何も塗《ぬ》らず木地のままの材で作ったもの。

心の上辺《うわべ》で思ってみるにすぎない。

それでもじいさんはこのごろになって、こんなことを思うことがある。うちにばかりいると、いろんなことを思ってならないから、おれはこれから外へ出るが、あとへ娘が来て、おれに会われないのを残念がるだろう。残念がらないにしたところが、せっかく来たのが無駄《むだ》になったとだけは思うに違《ちが》いない。そのくらいなことは思わせてやってもいい。こんなことを思って出てゆくようになったのである。

上野公園に行って、ちょうど日陰《ひかげ》になっている、ろは台を尋《たず》ねて腰《こし》を休めて、公園を通り抜《ぬ》ける、母衣《ほろ》をかけた人力車を見ながら、今ごろ留守《るす》へ娘が来て、まごまごしていはしないかと想像する。この時の感じは、いい気味だと思ってみたいという、自分で自分をためしてみるような感じである。このごろは夜も吹抜亭《ふきぬきてい》へ、円朝《えんちょう》の話や、駒之助《こまのすけ》の義太夫《ぎだゆう》を聞きに行くことがある。寄席《よせ》にいても、やはり娘が留守に来ているだろうかという想像をする。そうかと思うと、またふいと娘がこの中に来ていはせぬかと思って、銀杏返《いちょうがえ》しに結《い》っている、若い女を選《よ》り出すようにして見ることなどがある。一度なんぞ

ろは台　公園などのベンチ。ロハは只《ただ》の字の分解で、無料の意。

吹抜亭　数寄《すき》屋《や》町にあった寄席。

円朝　三遊亭円朝（一八三九～一九〇〇）。落語家。

駒之助　竹本《たけもと》駒之助。当時評判の娘義太夫。

は、中入りがすんだころ、その時代にまだ珍《めずら》しかった、パナマ帽《ぼう》を目深《まぶか》にかぶった、ゆかたがけの男に連れられて、後ろの二階へ来て、手すりにつかまって座《すわ》りしなに、下の客を見下ろした、銀杏返《いちょうがえ》しの女を、一刹那《いっせつな》の間お玉だと思ったことがある。よく見れば、お玉よりは顔が円《まる》くて背が低い。それにパナマ帽の男は、その女ばかりではなく、後ろにまだ三人ばかりの島田やら桃割《ももわ》れやらを連れていた。皆《みな》芸者やお酌《しゃく》であった。じいさんのそばにいた書生が、「や、吾曹《ごそう》先生が来た。」と言った。寄席《よせ》がはねて帰る時に見ると、赤く「ふきぬき亭《てい》」と斜《なな》めに書いた、大きい柄《え》の長い提灯《ちょうちん》を一人の女が持って、芸者やお酌がぞろぞろついて、パナマ帽の男を送ってゆく。じいさんは、自分のうちの前まで、この一行とあとになったり、先になったりして帰った。

玖《く》

お玉も小さい時から別れていたことのない父親が、どんな暮らしをしているか、行ってみたいとは思っている。しかし檀那《だんな》が毎日のように来るので、

中入り
興行の中間の休《きゅう》憩《けい》。

パナマ帽
中南米原産のパナマ草で編んだ夏帽子。

島田
婦人の髪型《かみがた》である島田髷《まげ》。ここでは芸者を指す。

桃割れ
少女の髪型で、ここではお酌を指す。

もし留守《るす》を明けていて、機嫌《きげん》を損じてはならないという心配から、一日一日と、思いながら父親のところへ尋《たず》ねてゆかずに過ごすのである。檀那は朝までいることはない。早い時は十一時ごろに帰ってしまう。またきょうはほかへ行かなくてはならぬのだが、ちょいと寄ったと言って、箱火鉢《はこひばち》の向こうに座《すわ》って、煙草《たばこ》をのんで帰ることもある。それでもきょうは檀那がきっと来ないと見きわめのついた日というのがないので、思いきって出ることができない。昼間出れば出られぬことはないはずだが、使っている小女《こおんな》が子供といってもいいくらいだから、何一つ任せておかれない。それになんだか近所のものに顔を見られるような気がして、昼間は外へ出たくない。初めのうちは坂下の湯に入りに行くにも、今ごろはすいているか見てきておくれと、小女に様子を見てこさせたうえで、そっと行ったくらいである。

　何事もなくても、こんなふうに怯《おく》れがちなお玉の胆《きも》をとりひしいだことが、越《こ》して来てから三日目にあった。それは越した日に八百屋《やおや》も、魚屋も通い帳を持ってきて、出入りを頼《たの》んだのに、その日には魚屋が来ぬので、小さい梅《うめ》を坂下へやって、何か切り身でも買ってこさせようとした時のことである。

お酌
一人前になっていない芸者の卵。半玉《はんぎょく》。

吾曹
福地桜痴《おうち》の別号。

胆をとりひしいだ
極度に驚《おどろ》くさま。きもをつぶした。

通い帳
掛《か》け売りで、品名・値段などを記録した帳面。

お玉は毎日魚なんぞが食いたくはない。酒を飲まぬ父が体にさわらぬおかずでさえあれば、なんでもいいという性《たち》だから、ありあわせの物でご飯を食べる癖《くせ》がついていた。しかし隣《となり》の近い貧乏所帯《びんぼうじょたい》で、あの家では幾日《いくか》たっても生《なま》ぐさ気《け》も食べぬと言われたことがあったので、もし梅なんぞが不満足に思ってはならぬ、それでは手厚くしてくださる檀那《だんな》にすまぬというような心から、わざわざ坂下の魚屋へ見せにやったのである。ところが、梅が泣き顔をして帰ってきた。どうしたかと問うと、こう言うのである。魚屋を見つけて入ったら、その家はおうちへ通いを持ってきたのとは違《ちが》った家であった。ご亭主《ていしゅ》がいないで、かみさんが店にいた。たぶんご亭主は河岸《かし》から帰って、店に置くだけの物を置いて、得意先を回りに出たのであろう。店に新しそうな魚がたくさんあった。梅は小鰺《こあじ》の色のいいのが一山あるのに目をつけて、値を聞いてみた。するとかみさんが、「お前さんは見つけない女中さんだが、どこから買いにおいでだ。」と言ったので、これこれのうちから来たと話した。かみさんは急にひどく不機嫌《ふきげん》な顔をして、「おやそう、おまえさんお気の毒だが帰ってね、そうお言い、ここのうちには高利貸しの妾《めかけ》なんぞに売る魚はない

生ぐさ気
魚や鳥獣《ちょうじゅう》の肉類。

のだから。」と言って、それきり横を向いて、煙草《たばこ》をのんでかまいつけない。

梅はあまり悔《く》やしいので、ほかの魚屋へ行く気もなくなって、かけて帰った。そして主人の前で、気の毒そうに、魚屋のかみさんの口上を、きれぎれに繰《く》り返したのである。

お玉は聞いているうちに、顔の色が唇《くちびる》まで蒼《あお》くなった。そしてやや久しく黙《だま》っていた。世なれぬ娘《むすめ》の胸のうちで、こみいった種々の感情が chaos《カオス》 をなして、自分でもその織り交ぜられた糸をほぐしてみることはできぬが、その感情の入り乱れたままの全体が、強い圧《あつ》を売られた無垢《むく》の処女の心の上に加えて、体じゅうの血を心《しん》の臓に流れ込《こ》ませ、顔は色を失い、背中には冷たい汗《あせ》が出たのである。こんな時には、格別重大でないことが、最初に意識せられるものと見えて、お玉はこんなことがあっては梅がもうこのうちにはいられぬと言うだろうかとまず思った。

梅はじっと血色《ちいろ》のなくなった主人の顔を見ていて、主人がひどく困っているということだけはさとったが、何に困っているのかわからない。つい腹が立って帰ってはきたが、午《ひる》のお菜《さい》がまだないのに、このままにしていてはす

chaos（英語）混沌。混乱。

まぬということに気がついた。さっきもらって出ていったおあしさえ、まだ帯の間に挟《はさ》んだきりで出さずにいるのであった。「ほんとにあんないやなおかみさんてありゃしないわ。あんなうちのお魚を誰《だれ》が買ってやるものか。もっと先の、小さいお稲荷《いなり》さんのある近所に、もう一軒《けん》ありますから、すぐに行って買ってきましょうね。」慰《なぐさ》めるようにお玉の顔を見て起《た》ち上がる。お玉は梅が自分の身方になってくれた、刹那《せつな》のうれしさに動かされて、反射的にほほえんでうなずく。梅はすぐばたばたと出ていった。

お玉はあとにそのまま動かずにいる。気の張りが少しゆるんで、しだいにわいてくる涙《なみだ》があふれそうになるので、たもとからハンカチイフを出して押《お》さえた。胸の内にはただ悔《く》やしい、悔やしいという叫《さけ》びが聞こえる。これがかの混沌《こんとん》としたものの発する声である。魚屋が売ってくれぬのが憎《にく》いとか、売ってくれぬような身の上だと知って悔やしいとか、悲しいとかいうのでないことはもちろんであるが、身を任せることになっている末造《すえぞう》が高利貸しであったとわかって、その末造を憎むとか、そういう男に身を任せているのが悔やしいとか、悲しいとかいうのでもない。お玉も高利貸しはいやなもの、こわいもの、世間の人に嫌《きら》われるものとは、ほのかに聞き知っているが、父親が質屋の金しか借りたことがなく、それも借りたい金高《きんだか》を番頭が因業《いんごう》で貸してくれぬことがあっても、父親はただ困るというだけで番頭を無理だと言って恨《うら》んだこともないくらいだから、子供が鬼《おに》がこわい、おまわりさんがこわいのと同じように、高利貸しという、こわいものの存在を教えられていても、別に痛切な感じは持っていない。そんなら何が悔やしいのだろう。

いったいお玉の持っている悔やしいという概念《がいねん》には、世を恨み人を恨む意味がはなはだ薄《うす》い。強《し》いて何物をか恨む意味があるとするなら、それはわが身の運命を恨むのだとでもいおうか。自分が何の悪いこともしていぬのに、よそから迫害《はくがい》を受けなくてはならぬようになる。それを苦痛として感ずる。悔やしいとはこの苦痛をさすのである。自分が人にだまされて捨てられたと思った時、お玉は始めて悔やしいと言った。それからたったこの間妾《めかけ》というものにならなくてはならぬことになった時、また悔やしいを繰《く》り返した。今はそれがただ妾というだけでなくて、人の嫌う高利貸しの妾でさえあったと知って、きのうきょう「時間」の歯でかまれて角《かど》がつぶれ、「あきらめ」の水

因業
仕打ちが情け知らずで容赦《ようしゃ》のないこと。

で洗われて色のさめた「悔《く》やしさ」が、再びはっきりした輪郭《りんかく》、強い色彩《しきさい》をして、お玉の心の目に現れた。お玉が胸に鬱結《うっけつ》しているものの本体は、強《し》いて条理を立ててみればまずこんなものでもあろうか。

しばらくするとお玉は起《た》って押《お》し入《い》れを開けて、象皮《ぞうひ》まがいのかばんから、自分で縫《ぬ》った白金巾《しろかなきん》の前掛《まえか》けを出して腰《こし》に結んで、深いため息をついて台所へ出た。同じ前掛けでも、絹のはこの女のために、一種の晴れ着になっていて、台所へ出る時には掛けぬことにしてある。かれはゆかたにさえ襟《えり》あかのつくのをいとって、鬢《びん》や髱《たぼ》のさわる襟のところへ、手ぬぐいを折り掛《か》けておくくらいである。

お玉はこの時もうよほど落ち着いていた。あきらめはこの女の最も多く経験している心的作用で、かれの精神はこの方角へなら、油をさした機関のように、滑《なめ》らかに働く習慣になっている。

拾《じゅう》

象皮まがい　象の皮に似せた。
白金巾　金巾は堅く縒《よ》った細目の糸で織った薄地《うすじ》の布。
髱　日本髪《がみ》で後方へ張り出した部分。

ある日の晩のことであった。末造《すえぞう》が来て箱火鉢《はこひばち》の向こうに座《すわ》った。始めての晩からお玉はいつも末造の入ってくるのを見ると、座布団《ざぶとん》を出して、箱火鉢の向こうに敷《し》く。末造はその上にあぐらをかいて、煙草《たばこ》をのみながら世間話をする。お玉は手持《ても》ち不沙汰《ぶさた》なように、ふだん自分のいるところにいて、火鉢の縁《へり》をなでたり、火ばしをいじったりしながら、恥《は》ずかしげに、ことば数少なく受け答えをしている。その様子が火鉢から離《はな》れて座らせたら、身の置き所に困りはすまいかと思われるようである。火鉢という胸壁《むなかべ》に拠《よ》って、わずかに敵に当たっているといってもいいくらいである。しばらく話しているうちに、お玉はふと調子づいて長い話をする。それがたいていこれまで父親と二人で暮らしていた、何年かの間に閲《けみ》してきた、小さい喜怒哀楽《きどあいらく》にすぎない。末造はその話の内容を聴《き》くよりは、籠《かご》に飼ってある鈴虫《すずむし》の鳴くのをでも聞くように、かわいらしいさえずりの声を聞いて、覚えずほほえむ。その時お玉はふいと自分のしゃべっているのに気がついて、顔を赤くして、急に話をはしょって、もとのことば数の少ない対話に戻《もど》ってしまう。そのすべての言語挙動が、いかにも無邪気《むじゃき》で、ある向きにはすこぶる鋭利《えいり》な観察をする

胸壁
胸の高さに土を盛った射撃《しゃげき》用のとりで。

ことに慣れている末造の目で見れば、澄《す》みきった水盤《すいばん》の水を見るように、隅々《すみずみ》まで隠《かく》れるところもなく見渡《みわた》すことができる。こういう差し向かいの味は、末造がためには、手足を働かせたあとで、加減のいい湯に入って、じっとして温まっているように愉快《ゆかい》である。そしてこの味を味わうのが、末造がためには全く新しい経験に属するので、末造はこの家に通い始めてから、猛《もう》獣《じゅう》が人に馴《な》れるように、意識せずに一種の culture《キュルチュウル》 を受けているのである。

それに三四日たったころから、自分が例のとおりに箱火鉢《はこひばち》の向こうにあぐらをかくと、お玉はこれという用もないに立ち働いたり何かして、とかく落ち着かぬようになったのに、末造はだんだん気がついてきた。はにかんで目を見合わせぬようにしたり、返事を手間どらせたりすることは最初にもあったが、今晩なんぞのそぶりには何か特別な子細がありそうである。

「おい、おまえ何か考えているね。」と、末造が煙管《きせる》に煙草を詰《つ》めつつ言った。

わざわざ片づけてあるような箱火鉢の引き出しを、半分抜《ぬ》いて、捜《さが》すものもないのに、中を見込《みこ》んでいたお玉は、「いいえ。」と言って、大きい目を末造の顔に注いだ。昔話の神秘は知らず、あまりたいした秘密なんぞをしまっ

culture （フランス語）教養。教化。

ておかれそうな目ではない。

末造は覚えずしかめていた顔を、また覚えず晴れやかにせずにはいられなかった。「いいえじゃあないぜ。困っちまう。どうしよう。どうしようと、ちゃんと顔に書いてあらあ。」

お玉の顔はすぐに真っ赤になった。そしてしばらく黙《だま》っている。どう言おうかと考える。細かい器械の運転が透《す》きとおって見えるようである。「あの、父のところへとうから行ってみよう、行ってみようと思っていながら、もうずいぶん長くなりましたもんですから。」

細かい器械がどう動くかは見えても、何をするかは見えない。常に自分より大きい、強いものの迫害《はくがい》を避《さ》けなくてはいられぬ虫は、mimicry《ミミクリイ》を持っている。女はうそをつく。

末造は顔で笑って、しかるようなものの言いようをした。「なんだ。つい鼻の先の池《いけ》の端《はた》に越《こ》してきているのに、まだ行ってみないでいたのか。向かいの岩崎《いわさき》の邸《やしき》のことなんぞを思えば、同じうちにいるようなものだぜ。今からだって、行こうと思えば行けるのだが、まあ、あすの朝にするがいい。」

とうから　だいぶ以前から。

mimicry　（英語）擬態《ぎたい》。他の物に色や形を似せること。

お玉は火ばしで灰をいじりながら、ぬすむように末造の顔を見ている。
「でもいろいろと思ってみますものですから。」
「笑談《じょうだん》じゃないぜ。そのくらいなことを、どう思ってみようもないじゃないか。いつまでねんねえでいるのだい。」こんどは声も優《やさ》しかった。

この話はこれだけですんだ。とうとうしまいには末造が、そんなにおっくうがるようなら、自分が朝出かけてきて、四五町《しごちょう》の道を連れていってやろうかなどとも言った。

お玉はこのごろ種々《しゅじゅ》に思ってみた。檀那《だんな》に会って、頼《たの》もしげな、気のきいた、優しい様子を目の前に見て、この人がどうしてそんな、いやな商売をするのかと、不思議に思ったり、なんとか話をして、堅気《かたぎ》な商売になってもらうことはできまいかと、無理なことを考えたりしていた。しかしまだいやな人だとは少しも思わなかった。

末造はお玉の心の底に、何か隠《かく》しているもののあるのをかすかに認めて、さぐりを入れてみたが、子供らしい、なんでもないことだというのであった。

しかし十一時過ぎにこの家を出て、無縁坂《むえんざか》をぶらぶら降りながら考えてみれ

ねんねえ　世間知らずで幼《よう》稚《ち》なこと。
四五町　一町は約一〇九メートル。

ば、どうもまだその奥《おく》に何物かが潜《ひそ》んでいそうである。末造のものなれた、鋭《するど》い観察は、この何物かをまるで見のがしてはおらぬのである。少なくもある気まずい感情を起こさせるようなことを、誰《たれ》かがお玉に話したのではあるまいかとまで、末造は推測をたくましゅうしてみた。それでも誰が何を言ったかは、とうとうわからずにしまった。

拾壱《じゅういち》

翌朝《よくちょう》お玉が、池《いけ》の端《はた》の父親の家に来た時は、父親はちょうど朝飯《あさはん》を食べてしまったところであった。化粧《けしょう》の手間を取らないお玉が、ちと早すぎはせぬかと思いながら、急いで来たのだが、早起きの老人はもう門口《かどぐち》をきれいに掃《は》いて、打ち水をして、それから手足を洗って、新しい畳《たたみ》の上に上がって、いつもの寂《さび》しい食事をすませたところであった。

二三軒《げん》隔《へだ》てては、近ごろ待合《まちあい》もできていて、夕方になれば騒《さわ》がしい時があるが、両隣《りょうどなり》は同じように格子戸《こうしど》の閉まった家で、ことに朝のうちは、あたり

待合　芸者を呼び遊興飲食する茶屋。

がひっそりしている。肱《ひじ》掛《か》け窓《まど》から外を見れば、高野槇《こうやまき》の枝の間から、さわやかな朝風に、かすかに揺《ゆ》れている柳《やなぎ》の糸と、その向こうの池一面に茂《しげ》っている蓮《はす》の葉とが見える。そしてその緑の中に、ところどころに薄《うす》い紅《べに》を点じたように、今朝《けさ》開いた花も見えている。北向きの家で寒くはあるまいかという話はあったが、夏は求めても住みたい所である。

お玉はものをわきまえるようになってから、もし身にしあわせが向いてきたら、お父《と》っさんをああもしてあげたい、こうもしてあげたいと、いろいろに思ってもみたが、今日の前に見るように、こんな家にこうして住まわせてあげれば、平生《へいぜい》の願いがかなったのだといってもいいと、うれしく思わずにはいられなかった。しかしそのうれしさには一滴《てき》の苦いものが交じっている。それがなくて、けさお父っさんに会うのだったら、どんなにかうれしかろうと、つくづく世の中のままならぬを、じれったくも思うのである。

はしを置いて、湯飲みについだ茶を飲んでいたじいさんは、まだついぞ人のおとずれたことのない門《かど》の戸の開いた時、はっと思って、湯飲みを下に置いて、上がり口の方を見た。二枚折りの葭簀《よしず》屏風《びょうぶ》にまだ姿のさえぎられていて

葭簀屏風　あしの茎《くき》を編んだすだれを張り、風通しをよくした屏風。

いるうちに、「お父っさん。」と呼んだお玉の声が聞こえた時は、すぐに起《た》って出迎《でむか》えたいような気がしたのを、じっとこらえて座《すわ》っていた。そしてなんと言ってやろうかと、心の内にせわしい思案をした。「よくお父っさんのことを忘れずにいたなあ。」とでも言おうかと思ったが、そこへ急いで入ってきて、懐《なつ》かしげにそばに来た娘《むすめ》を見ては、どうもそんなことばは口に出されなくなって、自分で自分を不満足に思いながら、黙《だま》って娘の顔を見ていた。

まあ、なんという美しい子だろう。ふだんから自慢《じまん》に思って、貧しい中にも荒《あら》いことをさせずに、身ぎれいにさせておいたつもりではあったが、十日ばかり見ずにいるうちに、まるで生まれ変わってきたようである。どんな忙《いそが》しい暮らしをしていても、本能のように、肌《はだ》にあかの付くようなことはしていなかった娘ではあるが、意識して体を磨《みが》くようになっているきのうきょうに比べてみれば、じいさんの記憶にあるお玉の姿は、まだ璞《あらたま》のままであった。親が子を見ても、老人が若いものを見ても、美しいものは美しい。そして美しいものが人の心を和《やわ》らげる威力《いりょく》の下《もと》には、親だって、老人だって屈《くっ》せずにはいられない。

璞　掘《ほ》り出したままで磨《みが》かれていない宝石。

わざと黙《だま》っているじいさんは、渋《しぶ》い顔をしているつもりであったが、不本意ながら、つい気色《けしき》を和《やわ》らげてしまった。お玉も新しい境遇《きょうぐう》に身をゆだねたために、これまで小さい時から一日も別れていたことのない父親を、会いたい会いたいと思いながら、十日も見ずにいたのだから、話そうと思ってきたことも、しばらくは口に出すことができずに、うれしげに父親の顔を見ていた。

「もうお膳《ぜん》を下げましてよろしゅうございましょうか。」と、女中が勝手から顔を出して、しり上がりの早言《はやこと》に言った。なじみのないお玉には、なんと言ったか聞き取れない。髪《かみ》を櫛巻《くしま》きにした小さい頭の下に太った顔のついているのが、いかにもふつりあいである。そしてその顔が不遠慮《ぶえんりょ》に、さも驚《おどろ》いたように、お玉を目守《まも》っている。

「早くお膳を下げて、お茶を入れ替《か》えてくるのだ。あの棚《たな》にある青い分のお茶だ。」じいさんはこう言って、膳を前へ突《つ》き出した。女中は膳を持って勝手へ入った。

「あら。いいお茶なんかいただかなくってもいいのだから。」

櫛巻き
櫛に巻きつけて結う女性の髪型。

「ばか言え。お茶受けもあるのだ。」じいさんは起《た》って、押《お》し入《い》れからブリキの缶《かん》を出して、菓子鉢《かしばち》へ玉子煎餅《せんべい》を盛っている。「これは宝丹《ほうたん》のじき裏のうちでこしらえているのだ。この辺は便利のいい所で、そのそばの横町には如《じょ》燕《えん》の佃煮《つくだに》もある。」

「まあ。あの柳原《やなぎわら》の寄席《よせ》へ、お父《と》っさんと聞きに行った時、何かごちそうのお話をして、そのうまきこと、おれの店の佃煮のごとしと言って、みんなを笑わせましたっけね。本当に福々しいおじいさんね。高座《こうざ》へ出ると、いきなりおしりをくるっとまくって座《すわ》るのですもの。わたくしおかしくって。お父っさんもあんなにお太りなさるようだといいわ。」

「如燕のように太ってたまるものか。」と言いながら、じいさんは煎餅を娘《むすめ》の前へ出した。

そのうち茶が来たので、親子はきのうもおとついもいっしょにいたもののように、とりとめのない話をしていた。じいさんがふと何か言いにくいことを言うように、こう言った。

「どうだい、ぐあいは。檀那《だんな》はおりおりおいでになるかい。」

宝丹　製薬商の守田《もりた》宝丹本舗《ほんぽ》。

如燕　桃川《ももかわ》如燕（一八三二～九八）講釈師《こうしゃくし》。

「ええ。」とお玉は言ったぎり、ちょいと返事にまごついた。末造《すえぞう》の来るのはおりおりどころではない。毎晩顔を出さないことはない。これがよめに行ったので、折り合いがいいかと問われたのなら、たいそういいから安心してくださいと、晴れ晴れと返事ができるのだろう。それがこうした身の上で見れば、どうも檀那《だんな》が毎晩おいでになるとは、気がとがめて言いにくい。お玉はしばらく考えて、「まあ、いいぐあいのようですから、お父《と》っさん、お案じなさらなくってもよござんすわ。」と言った。

「そんならいいが。」とじいさんは言ったが、娘《むすめ》の答えにどこやらもの足らぬところのあるのを感じた。問う人も、答える人も無意識に含糊《がんこ》の態《たい》をなしてものを言うようになったのである。これまで何事も打ち明け合って、お互《たが》いの間に秘密というものを持っていたことのない二人が、いやでも秘密のあるらしい、他人行儀《たにんぎょうぎ》のあいさつをしなくてはならなくなったのである。前に悪い婿《むこ》を取ってだまされた時なんぞは、近所の人に面目《めんぼく》ないとは思っても、親子とも胸の底には曲彼《きょくかれ》にありという心持ちがあったので、互いに話をし合うには、少しも遠慮《えんりょ》はしなかった。その時とは違《ちが》って、親子はいったん決心

含糊の態
言葉がはっきりしないさま。

曲彼にあり
悪いのは相手の方である。

してまとめた話がうまくまとまって、不自由のない身の上になっていながら、今は親しい会話の上に、暗い影《かげ》のさす、悲しい味を知ったのである。しばらくしてじいさんは、何か娘の口から具体的な返事が聞きたいような気がしたので、「いったいどんなかただい。」と、また新しい方角から問うてみた。

「そうね。」と言って、お玉は首をかしげていたが、独り言のような調子で言い足した。「どうも悪い人だとは思われませんわ。まだ日もたたないのだけれども、荒《あら》いことばなんぞはかけないのですもの。」

「ふん。」と言って、じいさんは得心のゆかぬような顔をした。「悪い人のはずはないじゃないか。」

お玉は父親と顔を見合わせて、急に動悸《どうき》のするのを覚えた。きょう話そうと思ってきたことを、話せば今がいいおりだとは思いながら、せっかく暮しを楽にして、安心をさせようとしている父親に、新しい苦痛を感ぜさせるのがつらいからである。そう思ったので、お玉は父親との隔《へだ》たりの大きくなるような不快を忍《しの》んで、日影《ひかげ》ものという秘密の奥《おく》に、今一つある秘密を、ここまで持ってきたままふたを開けずに、そっくり持って帰ろうと、きわどい

日影もの　日の当たる世間へ出にくい境遇《きょうぐう》の人。

ところで決心して、話をよそにそらしてしまった。

「だってずいぶんいろいろなことをして、一代のうちに身上《しんしょう》をこしらえた人だというのですから、わたくしどんな気立ての人だかわからないと思って、心配していたのですわ。そうですね。なんと言ったらいいでしょう。まあ、おとこ気のある人というふうでございますの。真底《しんそこ》からそんな人なのだか、それはなかなかわからないのですけれど、人にそう見せようと心がけて何か言ったりしたりしている人のようね。ねえ、お父《と》っさん。心がけばかりだってそんなのはいいじゃございませんか。」こう言って、父親の顔を見上げた。

女はどんな正直な女でも、その時心に持っていることを隠《かく》して、ほかのことを言うのを、男ほど苦にしはしない。そしてそういう場合にことば数の多くなるのは、女としてはよほど正直なのだといってもいいかもしれない。

「さあ。それはそんなものかもしれないな。だが、なんだかおまえ、檀那《だんな》を信用していないような、ものの言いようをするじゃないか。」

お玉はにっこりした。「わたくしこれでだんだんえらくなってよ。これからは人にばかにせられてばかりはいないつもりなの。豪気《ごうぎ》でしょう。」

身上
財産。身代《しんだい》。

豪気
気が強く威勢のいいこと。

父親はおとなしい一方の娘《むすめ》が、めずらしくほこさきを自分に向けたように感じて、不安らしい顔をして娘を見た。「うん。おれはずいぶん人にばかにせられどおしにばかにせられて、世の中を渡《わた》ったものだ。だがな、人をだますよりは、人にだまされているほうが、気が安い。なんの商売をしても、人に不義理をしないように、恩になった人を大事にするようにしていなくてはならないぜ。」

「だいじょうぶよ。お父《と》っさんがいつも、たあ坊《ぼう》は正直だからとそう言ったでしょう。わたくし全く正直なの。ですけれど、このごろつくづくそう思ってよ。もう人にだまされることだけは、ごめんをこうむりたいわ。わたくしうそをついたり、人をだましたりなんかしない代わりには、人にだまされもしないつもりなの。」

「そこで檀那の言うことも、うかとは信用しないと言うのかい。」

「そうなの。あのかたはわたくしをまるで赤ん坊《ぼう》のように思っていますの。それはあんな目から鼻へ抜《ぬ》けるような人ですから、そう思うのも無理はないのですけれど、わたくしこれでもあの人の思うほど赤ん坊ではないつもりな

目から鼻へ抜ける　抜け目なく機転がきく。

の。」

「では何かい。何かこれまで檀那《だんな》のおっしゃったことに、本当でなかったことでもあったのを、おまえが気がついたとでも言うのかい。」

「それはあってよ。あのばあさんがたびたびそう言ったでしょう。あの人は奥《おく》さんが子供を置いて亡《な》くなったのだから、あの人の世話になるのは、本妻ではなくっても、本妻も同じことだ。ただ世間体《せけんてい》があるから、裏店《うらだな》にいたものをうちに入れることはできないのだと言ったのね。ところが奥さんがちゃあんとあるの。自分で平気でそう言うのですもの。わたくしびっくりしてよ。」

じいさんは目を大きくした。「そうかい。やっぱり仲人口《なこうどぐち》だなあ。」

「ですから、わたくしのことを奥さんにはごくの内証にしているのでしょう。奥さんにうそをつくくらいですから、わたくしにだって本当ばかし言っていやしませんわ。わたくし眉毛《まゆげ》につばをつけていなくちゃあ。」

じいさんは飲んでしまった煙草《たばこ》の吸殻《すいから》をはたくのも忘れて、なんだか急にえらくなったような娘《むすめ》の様子をぼんやりと眺《なが》めていると、娘は急に思い出し

裏店
裏通りのみすぼらしい貸家。

仲人口
仲人が双方《そうほう》に相手を実際以上に誉《ほ》めること。

眉毛につばをつけて
だまされないように用心して。

たように言った。「わたくしきょうはもう帰ってよ。こうして一度来てみれば、もうなんでもなくなったから、これからはお父《と》っさんとこへ毎日のように見に来てあげるわ。実はあの人が行けと言わないうちに来ては悪いかと思って、遠慮《えんりょ》していたの。とうとうゆうべそう言ってことわっておいて、けさ来たのだわ。わたくしのところへ来た女中は、それは子供で、お午《ひる》の支度《したく》だって、わたくしが帰って手伝ってやらなくてはできないの。」

「檀那にことわってきたのなら、午もこっちで食べていけばいい。」

「いいえ。不用心《ぶようじん》ですわ。またすぐ出かけてきてよ。お父っさん。さようなら。」

お玉が立ち上がるとたんに、女中があわてて履物《はきもの》を直しに出た。気がきかぬようでも、女は女に遭遇《そうぐう》して観察をせずにはおかない。道で行き合っても、女は自己の競争者としてほかの女を見ると、ある哲学者《てつがくしゃ》は言った。汁《しる》わんの中へ親指を突《つ》っ込《こ》む山出しの女でも、美しいお玉を気にして、立ち聴《ぎ》きをしていたものと見える。

「じゃあまた来るがいい。檀那によろしく言ってくれ。」じいさんは座《すわ》った

ある哲学者　デンマークの哲学者キルケゴール（一八一三～五五）。『追憶の哲理』中の言葉。

山出しの　田舎《いなか》から出てきたままの。

ままこう言った。

　お玉は小さい紙入れを黒繻子《くろじゅす》の帯の間から出して、幾《いく》らか紙にひねって女中にやっておいて、駒下駄《こまげた》を引っかけて、格子戸《こうしど》の外へ出た。

　たよりに思う父親に、苦しい胸を訴《うった》えて、いっしょに不幸を嘆《なげ》くつもりで入った門《かど》を、我ながら不思議なほど、元気よくお玉は出た。せっかく安心している父親に、よけいな苦労をかけたくない、それよりは自分を強く、じょうぶに見せてやりたいと、努力して話をしているうちに、これまで自分の胸のうちに眠《ねむ》っていたあるものが醒覚《せいかく》したような、これまで人にたよっていた自分が、思いがけず独立したような気になって、お玉は不忍《しのばず》の池《いけ》のほとりを、晴れやかな顔をして歩いている。

　もう上野の山をだいぶはずれた日がかっと照って、中島の弁天の社《やしろ》を真っ赤に染めているのに、お玉は持ってきた、小さいこうもりをもささずに歩いているのである。

駒下駄
　一つの材から台と歯をくり抜《ぬ》いて仕上げた下駄。

醒覚
　めざめること。

拾弐《じゅうに》

ある晩末造《すえぞう》が無縁坂《むえんざか》から帰ってみると、おかみさんがもう子供を寝《ね》かして、自分だけ起きていた。いつも子供が寝ると、自分もいっしょに横になってているのが、その晩は座《すわ》ってうつむきかげんになっていて、末造が蚊屋《かや》の中に入ってきたのを知っていながら、振《ふ》り向いても見ない。

末造の床《とこ》は一番奥《おく》の壁際《かべぎわ》に、少し離《はな》して取ってある。その枕《まくら》もとには座布《ざぶ》団《とん》が敷《し》いて、煙草盆《たばこぼん》と茶道具とが置いてある。末造は座布団の上に座って、煙草を吸いつけながら、優《やさ》しい声で言った。

「どうしたのだ。まだ寝ないでいるね。」

おかみさんは黙《だま》っている。

末造も再び譲歩《じょうほ》しようとはしない。こっちから講和を持ち出したに、彼《かれ》が応ぜぬなら、それまでのことだと思って、わざと平気で煙草をのんでいる。

「あなた今までどこにいたんです。」おかみさんは突然《とつぜん》頭を持ち上げて、末造を見た。奉公人《ほうこうにん》を置くようになってから、しだいにことばを上品にしたのだが、差し向かいになると、ぞんざいになる。ようよう「あなた」だけが維持《いじ》せられている。

末造は鋭《するど》い目で一目《ひとめ》女房《にょうぼう》を見たが、なんとも言わない。何《なに》らかの知識を女房が得たらしいとは認めても、その知識の範囲《はんい》を測り知ることができぬので、なんとも言うことができない。末造はみだりに語って、相手に材料を供給するような男ではない。

「もう何もかもわかっています。」鋭い声である。そして末の方は泣き声になりかかっている。

「変なことを言うなあ。何がわかったのだい。」さも意外なことに遭遇《そうぐう》したというような調子で、声はいたわるように優《やさ》しい。

「ひどいじゃありませんか。よくそんなにしらばっくれていられることね。」夫の落ち着いているのが、かえって強い刺激《しげき》のようにきくので、かみさんは声が切れ切れになって、わいてくる涙《なみだ》を襦袢《じゅばん》の袖《そで》でふいている。

「困るなあ。まあ、なんだかそう言ってみねえ。まるっきり見当がつかない。」

「あら。そんなことを。今夜どこにいたのだか、わたしにそう言ってくださ

襦袢　和服の下着。

いと言っているのに。あなたよくそんなまねができたことね。わたしには商用があるのなんのと言っておいて、囲い者なんぞをこしらえて。」鼻の低い赤ら顔が、涙でゆでたようになったのに、こわれた丸髷《まるまげ》の鬢《びん》の毛が一握《ひとにぎ》りへばりついている。潤《うる》んだ細い目を、無理に大きく見はって、末造の顔を見ていたが、ずっとそばへいざり寄って、金天狗《きんてんぐ》の燃えさしをつまんでいた末造の手に、力いっぱいしがみついた。

「よせ。」と言って、末造はその手を振《ふ》り放して、畳《たたみ》の上に散った煙草《たばこ》の燃えさしをもみ消した。

　おかみさんはしゃくり上げながら、また末造の手にしがみついた。「どこにだって、あなたのような人があるでしょうか。いくらお金ができたって、自分ばかり檀那《だんな》顔をして、女房には着物一つこしらえてはくれずに、子供の世話をさせておいて、いい気になって妾狂《めかけぐる》いをするなんて。」

「よせと言えば。」末造は再び女房の手を振り放した。「子供が目を覚ますじゃないか。それに女中部屋にも聞こえる。」かすめた声に力を入れて言ったのである。

丸髷
楕円《だえん》形の型を入れて髷を丸く結う髪型《かみがた》。

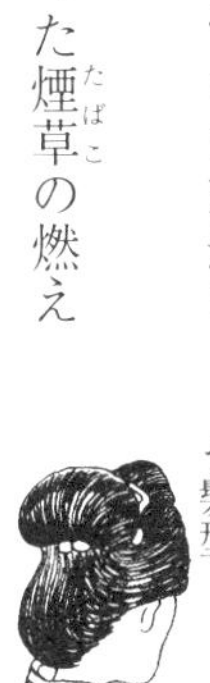

金天狗
紙巻《かみまき》煙草の銘柄《めいがら》。

末の子が寝返《ねがえ》りをして、何か夢中で言ったので、おかみさんも覚えず声を低うして、「いったいわたしどうすればいいのでしょう。」と言って、今度は末造の胸のところに顔を押《お》しつけて、しくしく泣いている。

「どうするにも及《およ》ばないのだ。おまえが人がいいもんだから、人にたきつけられたのだ。妾《めかけ》だの、囲い者だのって、誰《たれ》がそんなことを言ったのだい。」こう言いながら、末造はこわれた丸髷《まるまげ》のぶるぶる震《ふる》えているのを見て、醜《みにく》い女はなぜ似合わない丸髷を結《ゆ》いたがるものだろうと、気楽な問題を考えた。そして丸髷の震動《しんどう》がしだいに細かく刻むようになると同時に、どの子供にも十分の食料を供給した、大きい乳房《ちぶさ》が、懐炉《かいろ》を抱《だ》いたようにみずおちのあたりに押《お》しつけられるのを末造は感じながら、「誰が言ったのだ。」と繰《く》り返した。

「誰だっていいじゃありませんか。本当なんだから。」乳房の圧《あつ》はいよいよ加わってくる。

「本当でないから、誰でもよくはないのだ。誰だかそう言え。」

「それは言ったってかまいませんとも。魚金《うおきん》のおかみさんなの。」

「なにまるで狸《たぬき》がものを言うようで、わかりゃあしない。むにゃむにゃのむ

みずおち　胸の中央で腹に近くくぼんだ所。みぞおち。

にゃむにゃさんなのとはなんだい。」

おかみさんは顔を末造の胸から離《はな》して、悔《く》やしそうに笑った。「魚金のおかみさんだと、そう言っているじゃありませんか。」

「うん。あいつか。おおかたそんなことだろうと思った。」末造は優《やさ》しい目をして、女房《にょうぼう》の逆上したような顔を見ながら、しずかに金天狗《きんてんぐ》に火をつけた。「新聞屋なんかがよく社会の制裁だのなんのと言うが、おれはその社会の制裁というやつを見たことがねえ。どうかしたら、あの金棒《かなぼう》引きなんかが、その制裁というやつかも知れねえ。近所じゅうのおせっかいをしやがる。あんな奴《やつ》の言うことを真《ま》に受けてたまるものか。おれが今本当のことを言って聞かしてやるから、よく聞いていろ。」

おかみさんの頭は霧《きり》がかかったように、ぼうっとしているが、もしやだまされるのではあるまいかという猜疑《さいぎ》だけはさめている。それでも熱心に末造の顔を見て謹聴《きんちょう》している。今社会の制裁ということを言われた時もそうであるが、いつでも末造が新聞で読んだ、むずかしいことばを使って何か言うと、おかみさんは気おくれがして、わからぬなりに屈服《くっぷく》してしまうのである。

金棒引き　ささいなことを大げさに触れ回る人。

末造はおりおり煙草《たばこ》をのんで煙《けぶり》を吹きながら、やはり女房《にょうぼう》の顔を暗示するようにじっと見て、こんなことを言っている。「それ、おまえも知っているだろう。まだ大学があっちにあったころ、よくうちに来た吉田《よしだ》さんというのがいたなあ。あの金縁《きんぶち》めがねをかけて、べらべらした着物を着ていた人よ。あれが千葉《ちば》の病院へ行っているが、まだおれのほうの勘定《かんじょう》が二年や三年じゃあらちが明かねえんだ。あの吉田さんが寄宿舎にいた時からできていた女で、こないだまで七曲《ななまが》りの店《たな》を借りて入れてあったのだ。最初は月々決まって仕送りをしていたところが、今年になってから手紙もよこさなけりゃ、金もよこさねえ。そこで女が先方へかけ合ってくれろと言っておれに頼《たの》んだのだ。どうしておれを知っているかと思うだろうが、吉田さんはたびたびおれのうちへ来ると人の目について困るからと言って、おれを七曲りのうちへ呼んで書《か》き換《か》えの話なんぞをしたことがある。その時から女がおれを知っていたのだ。おれもずいぶん迷惑《めいわく》な話だが、ついでだからかけ合ってやったよ。ところがなかなからちは明かねえ。女はしつっこく頼む。おれはとんだ奴《やつ》に引っかかったと思って持て扱《あつか》っているのだ。おまけに小ぎれいなところで店賃《たなちん》の

七曲り　柳原《やなぎわら》と神田川を隔《へだ》てて対した向《むこう》柳原にある区域。

持て扱っている　扱いに苦しんでいる。持て余している。

の質屋の切通《きりどお》しの質屋の安いところへ越《こ》したいから、世話をしてくれろと言うので、切通《きりどお》しの質屋の隠居《いんきょ》のいたあとへ、めんどうを見て越させてやった。それやこれやで、こないだからちょいちょい寄って、煙草を二三服のんだことがあるもんだから、近所の奴がかれこれ言やあがるのだろう。隣《となり》は女の子を集めて、仕立物《したてもの》の師《し》匠《しょう》をしているというのだから、口はうるさいやな。あんなところに女を囲っておくばかがあるものか。」こんなことを言って、末造はさげすんだように笑った。

おかみさんは小さい目を輝《かがや》かして、熱心に聞いていたが、この時甘《あま》えたような調子でこう言った。「それはおまえさんの言うとおりかもしれないけれど、そんな女のところへたびたび行くうちには、どうなるかしれたものじゃありゃしない。どうせお金で自由になるような女だもの。」おかみさんはいつか「あなた」を忘れている。

「ばか言え。おれがおまえというものがあるのに、ほかの女に手を出すような人間かい。これまでだって、女をどうしたということが、ただの一度でもあったかい。もうお互《たが》いに焼きもちげんかをする年でもあるめえ。いいかげんにしろ。」末造は存外容易に弁解が功を奏《そう》したと思って、心中に凱歌《がいか》を歌っている。

「だっておまえさんのようにしている人を、女は好くものだから、わたしゃあ心配さ。」

「へん。あが仏尊《とうと》しというやつだ。」

「どういうわけなの。」

「おれのような男を好いてくれるのは、おまえばかりだということよ。なんだ。もう一時を過ぎている。寝《ね》よう寝よう。」

拾参《じゅうさん》

真実と作為《さくい》とをないまぜにした末造《すえぞう》の言いわけが、一時おかみさんの嫉妬《しっと》の火を消したようでも、その効果はもちろんpalliatif《パリアチィフ》なのだから、無縁坂上《むえんざかうえ》に実在しているものが、依然《いぜん》実在しているかぎりは、陰口《かげぐち》やら壁訴訟《かべそしょう》やらの絶えることはない。それが女中の口から、「今日も何某《なにがし》が檀那《だんな》様の格子戸《こうしど》に

あが仏尊し　自分の大事なものはすべてよいと思うこと。

palliatif　（フランス語）一時しのぎの。

根津　本郷《ほんごう》の東京大学から北に位置する。遊郭《ゆうかく》があっ

お入りになるのを見たそうでございます。」というようなことばになって、おかみさんの耳に届く。しかし末造は言いわけには窮《きゅう》せない。商用とやらが、そう決まって晩方にあるものではあるまいと言えば、「金を借りる相談を朝っぱらからする奴《やつ》があるものか。」と言う。なぜこれまでは今のようでなかったかと言えば、「それは商売を手広にやり出さない前のことだ。」と言う。末造は池《いけ》の端《はた》へ越《こ》すまでは、何もかも一人でしていたのに、今は住まいの近所に事務所めいたものが置いてあるほかに、龍泉寺町《りゅうせんじまち》にまで出張所とでもいうような家があって、学生がいわゆる金策《きんさく》のために、遠道《とおみち》を踏《ふ》まなくてもすむようにしてある。根津《ねづ》で金のいるものは事務所にかけつける。吉原《よしわら》でいるものは出張所にかけつける。後には吉原の西の宮という引手茶屋《ひきてぢゃや》と、末造の出張所とは気脈を通じていて、出張所で承知していれば、金がなくても遊ばれるようになっていた。宛然《えんぜん》たる遊蕩《ゆうとう》の兵站《へいたん》が編成せられていたのである。
　末造夫婦は新たに不調和の階級を進めるほどの衝突《しょうとつ》をせずに、一月ばかりも暮らしていた。つまりその間は末造の詭弁《きべん》が功を奏していたのである。しかるにある日意外な辺から破綻《はたん》が生じた。

た。

吉原　現在の台東《たいとう》区の北に位置する地で、遊郭があった。その近くに龍泉寺町がある。

引手茶屋　遊郭で客を妓楼《ぎろう》に案内する茶屋。

宛然たる　さながら。あたかも。

兵站　前線に物資の補給を行う後方支《し》援《えん》組織。

詭弁　理屈《りくつ》に合わぬことを言いくるめようとする議論。

さいわい夫がうちにいるので、朝の涼《すず》しいうちに買い物をしてくると言って、お常《つね》は女中を連れて広小路《ひろこうじ》まで行った。その帰りに仲町《なかちょう》を通りかかると、後ろから女中が袂《たもと》をそっと引く。「なんだい。」としかるように言って、女中の顔を見る。女中は黙《だま》って左側の店に立っている女を指さす。お常はしぶしぶその方を見て、覚えず足をとめる。そのとたんに女は振《ふ》り返る。お常とその女とは顔を見合わせたのである。

お常は最初芸者かと思った。もし芸者なら、数寄屋町《すきやまち》にこの女ほどどこもかしこもそろって美しいのは、ほかにあるまいと、せわしい暇《ひま》に判断した。しかし次の瞬間《しゅんかん》には、この女が芸者の持っている何物かを持っていないのに気がついた。その何物かはお常には名状することはできない。それを説明しようとすれば、態度の誇張《こちょう》とでもいおうか。芸者は着物をいいかっこうに着る。そのいいかっこうは必ず幾分《いくぶん》か誇張せられる。誇張せられるから、おとなしいというところが失われる。お常の目に何物かがないと感ぜられたのは、この誇張である。

店の前の女は、そばを通り過ぎる誰《だれ》やらが足をとめたのを、ほとんど意識

名状する
言葉で表現する。

せずに感じて、振《ふ》り返って見たが、その通り過ぎる人の上に、なんの注意すべき点をも見いださなかったので、こうもり傘《がさ》を少し内回転《ないかいてん》をさせたひざの間に寄せかけて、帯の間から出して持っていた、小さいがまぐちの中を、うなじをかがめてのぞき込《こ》んだ。小さい銀貨を捜《さが》しているのである。

店は仲町《なかちょう》の南側の「たしがらや」であった。「たしがらやさかさに読めばやらかした」と、何者かの言い出した、珍《めずら》しい屋号のこの店には、金字を印刷した、赤い紙袋《かみぶくろ》に入れた、歯磨《はみがき》を売っていた。まだ練歯磨《ねりはみがき》なんぞの舶来《はくらい》していなかったそのころ、上等のざらつかない製品は、牡丹《ぼたん》のにおいのする、岸《きし》田《だ》の花王散《かおうさん》と、このたしがらやの歯磨とであった。店の前の女は別人でない。朝早く父親のところを訪ねた帰りに、歯磨を買いに寄ったお玉であった。

お常が四五歩通り過ぎた時、女中がささやいた。「奥《おく》さん。あれですよ。無縁坂《むえんざか》の女は。」

黙《だま》ってうなずいたお常には、このことばが格別の効果を与《あた》えないので、女中は意外に思った。あの女は芸者ではないと思うと同時に、お常は本能的に無縁坂の女だということをさとっていたのである。それには女中がただ美し

岸田の花王散　新聞記者岸田吟《ぎん》香《こう》（一八三三～一九〇五）の売薬店が販売《はんばい》した歯磨。

い女がいるというだけで、袖《そで》を引いて教えはしないはずだという判断も手伝っているが、いま一つ意外なことが影響《えいきょう》している。それはお玉がひざのところに寄せかけていたこうもり傘《がさ》である。

もう一月あまり前のことであった。夫がある日横浜《よこはま》から帰って、みやげにこうもりの日傘を買ってきた。柄《え》がひどく長くて、張ってある切れがわりあいに小さい。背の高い西洋の女が手に持っておもちゃにするにはよかろうが、ずんぐりむっくりしたお常《つね》が持ってみると、極端《きょくたん》に言えば、物干《ものほ》し竿《ざお》の先へおむつを引っかけて持ったようである。それでそのままささずにしまっておいた。その傘は白地に細かい弁慶縞《べんけいじま》のような形が、藍《あい》で染め出してあった。たしがらやの店にいた女のこうもり傘がそれと同じだということを、お常ははっきり認めた。

酒屋の角を池の方へ曲がる時、女中が機嫌《きげん》を取るように言った。

「ねえ、奥《おく》さん。そんなにいい女じゃありませんでしょう。顔が平べったくて、いやに背が高くて。」

「そんなことを言うものじゃないよ。」と言ったぎり、相手にならずにずんず

弁慶縞
同じ幅《はば》で碁盤模《ごばんも》様《よう》に織った格子《こうし》縞の一種。

ん歩く。女中は当てがはずれて、不平らしい顔をしてついてゆく。

お常はただ胸のうちがわき返るようで、何事をもはっきり考えることができない。夫に対してどうしよう、なんと言おうという思案もない。そのくせ早く夫にぶっつかって、なんとか言わなくてはいられぬような気がする。そしてこんなことを思う。あのこうもり傘を買ってきてもらった時、わたしはどんなにか喜んだだろう。これまでこっちから頼《たの》まぬのに、物なんぞ買ってきてくれたことはない。どうして今度にかぎって、みやげを買ってきてくれたのだろうと、不思議には思ったが、その不思議というのも、どうして夫が急に親切になったかと思ったのであった。今考えれば、おおかたあの女が頼んで買ってもらった時、ついでにわたしのを買ったのだろう。きっとそうに違《ちが》いない。そうとは知らずに、わたしはありがたく思ったのだ。わたしにはさされもしない、あんな傘をもらって、ありがたく思ったのだ。傘ばかりではない。あの女の着物や髪《かみ》の物も、うちで買ってやったのかもしれない。ちょうどわたしのさしている、毛繻子張《けじゅすば》りのこの傘と、あの舶来《はくらい》のこうもりとが違うように、わたしとあの女とは、身に着けているほどの物が皆《みな》違って

毛繻子張りの雁
縦糸を綿糸、横糸を毛糸で織った布製の。

いる。それにわたしばかりではない。子供に着物を着せたいと思っても、なかなかこしらえてくれはしない。男の子には筒《つつ》っぽが一枚あればいいものだと言う。女の子だと、小さいうちに着物をこしらえるのは損だと言う。何万という金を持った人の女房《にょうぼう》や子供に、わたしたち親子のようななりをしているものがあるだろうか。今から思ってみれば、あの女がいたおかげで、わたしたちにかまってくれなかったかもしれない。吉田《よしだ》さんの持ち物だったなんというのも、本当だかどうだか当てにはならない。七曲《ななまが》りとかにいた時分から、うちで囲っておいたかもしれない。いや。きっとそうに違《ちが》いない。金回りがよくなって、自分の着物や持ち物にぜいたくをするようになったのを、つきあいがあるからだのなんのと言ったが、あの女がいたからだろう。わたしをどこへでも連れていかずに、あの女を連れていったに違いない。ええ、悔《く》やしい。こんなことを思っていると、突然《とつぜん》女中が叫《さけ》んだ。

「あら、奥《おく》さん。どこへいらっしゃるのです。」

お常はびっくりして立ち留まった。下を向いてずんずん歩いていて、わが家の門《かど》を通り過ぎようとしたのである。

女中が無遠慮《ぶえんりょ》に笑った。

拾肆《じゅうし》

朝の食事のあと始末をしておいて、お常《つね》が買い物に出かける時、末造《すえぞう》は煙草《たばこ》をのみつつ新聞を読んでいたが、帰ってみれば、もう留守になっていた。もしうちにいたら、なんといっていいかは知らぬが、とにかくぶっつかって、むしゃぶりついて、なんとでも言ってやりたいような心持ちで帰ったお常は拍子《ひょうし》抜《ぬ》けがした。午食《ひるしょく》の支度《したく》もしなくてはならない。もうまもなく入り用になる子供の袷《あわせ》の縫《ぬ》いかけてあるのも縫わなくてはならない。お常は器械的に、いつものように働いているうちに、夫にぶっつかろうと思った鋭鋒《えいほう》はしだいにくじけてきた。これまでもひどい勢いで、石垣《いしがき》に頭を打ちつけるつもりで、夫に衝突《しょうとつ》したことは、たびたびある。しかしいつも頭にあらがうはずの石垣が、腕《うで》を避《さ》けるのれんであるのに驚《おどろ》かされる。そして夫が滑《なめ》らかな舌で、道理らしいことを言うのを聞いていると、いつかその道理に服するので

袷　裏地をつけて仕立てた着物。

鋭鋒　するどいほこ先を向けて攻撃《こうげき》すること。

腕を避けるのれん　ことわざ「のれんに腕押《お》し」をふまえる。

はなくて、ただ何がなしに萎《な》やされてしまうのである。きょうはなんだか、その第一の襲撃《しゅうげき》もうまくできそうには思われなくなってくる。お常は子供を相手に午食《ひるしょく》を食べる。けんかをする子供の裁判をする。また夕食の支度《したく》をする。子供に行水をつかわせて、自分も使う。蚊《か》やりをしながら夕食を食べる。食後に遊びに出た子供が遊びくたびれて帰る。女中が勝手から出てきて、決まった所に床《とこ》を取ったり、蚊帳《かや》をつったりする。手水《ちょうず》をさせて子供を寝《ね》かす。夫の夕食の膳《ぜん》に蠅《はえ》よけをかぶせて、火鉢《ひばち》に鉄瓶《てつびん》をかけて、次の間《ま》に置く。夫が夕食に帰らなかった時は、いつでもこうしておくのである。

お常はこれだけのことを器械的にしてしまった。そしてうちわを一本持って蚊屋《かや》の中へ入って座《すわ》った。その時けさ途《みち》で会った、あの女のところに、今時分夫が行っているだろうということが、今さらのようにはっきりと想像せられた。どうも体を落ち着けて、座ってはいられぬような気持ちがする。どうしよう、どうしようと思ううちに、ふらふらと無縁坂《むえんざか》の家《うち》のところまで行ってみたくなる。いつか藤村《ふじむら》へ、子供のいちばん好きな田舎《いなか》まんじゅうを買いに行った時、したて物《もの》の師匠《ししょう》のうちの隣《となり》というのはこの家《いえ》だなと思って、

藤村　本郷《ほんごう》にある菓子屋。

見て通ったので、それらしい格子戸《こうしど》の家はわかっている。ついあそこまで行ってみたい。火影《ほかげ》が外へ差しているか。話し声がかすかにでも聞こえているか。それだけでも見てきたい。いやいや、そんなことはできない。外へ出るには女中部屋のそばの廊下《ろうか》を通らぬわけにはいかない。このごろはあの廊下のところの障子《しょうじ》がはずしてある。松《まつ》はまだ起きて縫《ぬ》い物をしているはずである。今時分どこへ行くのだと聞かれた時、なんとも返事のしようがない。何か買いに出ると言ったら、松が自分で行こうと言うだろう。してみれば、どんなに行ってみたくても、そっと行ってみることはできない。ええ、どうしたらよかろう。けさうちへ帰る時は、ちっとも早くあの人に会いたいと思ったが、あの時会ったら、わたしはなんと言っただろう。会ったら、わたしのことだから、とりとめのないことばかり言ったに違《ちが》いない。そうしたらあの人がまたいいかげんのことを言って、わたしをだましてしまっただろう。あんなりこうな人だから、どうせけんかをしてはかなわない。いっそ黙《だま》っていようか。しかし黙っていてどうなるだろうか。あんな女がついていては、わたしなんぞはどうなってもかまわぬ気になっているだろう。どうしよう。

どうしよう。

こんなことを繰《く》り返し繰り返し思っては、何遍《なんべん》か思想が初めの発足点《ほっそくてん》にあと戻《もど》りをする。そのうちに頭がぼんやりしてきて、何がなんだかわからなくなる。しかしとにかく激しく夫にぶっつかったってだめだから、よそうということだけは決めることができた。

そこへ末造が入ってきた。お常はわざとらしく取り上げたうちわの柄《え》をいじって黙《だま》っている。

「おや。また変な様子をしているな。どうしたのだい。」かみさんがいつもする「お帰りなさい。」というあいさつをしないでいても、別に腹は立てない。機嫌《きげん》がいいからである。

お常は黙っている。衝突《しょうとつ》を避《さ》けようとは思ったが、夫の帰ったのを見ると、悔《く》やしさがこみあげてきて、まるで反抗《はんこう》せずにはいられそうになくなった。

「また何かくだらないことを考えているな。よせよせ。」かみさんの肩《かた》のところに手をかけて、二三遍《べん》ゆさぶっておいて、自分の床《とこ》に座《すわ》った。

「わたしどうしようかと思っていますの。帰ろうといったたって、帰るうちはなし、子供もあるし。」

「なんだと。どうしようかと思っている。どうもしなくたっていいじゃないか。天下は太平無事だ。」

「それはあなたは太平楽《たいへいらく》を言っていられますでしょう。わたしさえどうにかなってしまえばいいのだから。」

「おかしいなあ。どうにかなるなんて。どうなるにも及《およ》ばない。そのままでいればいい。」

「たんと茶にしておいでなさい。いてもいなくってもいい人間だから、相手にはならないでしょう。そうね。いてもいなくってもじゃない。いないほうがいいに決まっているのだっけ。」

「いやにひねくれたものの言いようをするなあ。いないほうがいいのだって。大違《おおちが》いだ。いなくては困る。子供のめんどうを見てもらうばかりでも、大役だからな。」

「それはあとへきれいなおっ母《か》さんが来て、めんどうを見てくれますでしょ

太平楽　のんきで勝手なこと。
茶にして　茶化して。ばかにして。

う。継子《ままこ》になるのだけど。」

「わからねえ。二親そろってついているから、継子なんぞにはならないはずだ。」

「そう。きっとそうなの。まあ、いい気なものね。ではいつまでも今のようにしているつもりなのね。」

「知れたことよ。」

「そう。べっぴんとおたふくとに、おそろいのこうもりをさせて。」

「おや。なんだい、それは。お茶番の趣向《しゅこう》みたいなことを言っているじゃないか。」

「ええ。どうせわたしなんぞはまじめな狂言《きょうげん》には出られませんからね。」

「狂言より話が少しまじめにしてもらいたいなあ。いったいそのこうもりてえのはなんだい。」

「わかっているでしょう。」

「わかるものか。まるっきり見当がつかねえ。」

「そんなら言いましょう。あの、いつか横浜《よこはま》からこうもりを買ってきたで

お茶番の趣向　手近なものを使った滑稽《こっけい》な寸《すん》劇《げき》における工夫《くふう》。
狂言　歌舞伎《かぶき》などの芝《しば》居《い》。

しょう。」

「それがどうした。」

「あれはわたしばかしに買ってくだすったのじゃなかったのね。」

「おまえばかしでなくて、誰《だれ》に買ってやるものかい。」

「いいえ。そうじゃないでしょう。あれは無縁坂《むえんざか》の女のを買ったついでに、ふいと思いついて、わたしのをも買ってきたのでしょう。」さっきからこうもりの話はしていても、こう具体的に言うと同時に、お常は悔《く》やしさがこみあげてくるように感ずるのである。

「お手の筋」だとでも言いたいほど適中したので、末造はぎくりとしたが、反対にあきれたような顔をしてみせた。「べらぼうな話だなあ。何かい。その、おまえに買った傘《かさ》と同じ傘を、吉田《よしだ》さんの女が持っているとでもいうわけかい。」

「それは同じのを買ってやったのだから、同じのを持っているに決まっています。」声がきわだって鋭《するど》くなっている。

「なんのことだ。あきれたものだぜ。いいかげんにしろい。なるほどおまえ

お手の筋
相手に関する予想が当たること。
べらぼうな話
ばかげている話。

に横浜《よこはま》で買ってやった時は、サンプルで来たのだということだったが、もう今ごろは銀座《ぎんざ》辺でざらに売っているに違《ちが》いない。芝居《しばい》なんぞによくあるやつで、これがほんとの無実の罪というのだ。そして何かい。おまえ、あの吉田《よしだ》さんの女に、どこかで会ったとでも言うのかい。よくわかったなあ。」

「それはわかりますとも。ここいらで知らないものはないのです。べっぴんだから。」にくにくしい声である。これまでは末造がしらばっくれると、ついそうかと思ってしまったが、今度はあまり強烈《きょうれつ》な直覚をして、そのできごとを目前に見たように感じているので、末造のことばを、なるほどそうでもあろうかとは、どうしても思われなかった。

末造はどうして会ったか、話でもしたのかと、いろいろに考えていながら、この場合に根掘《ねほ》り葉掘り問うのは不利だと思って、わざと追窮《ついきゅう》しない。

「べっぴんだって。あんなのがべっぴんというのかなあ。妙《みょう》に顔の平べったいような女だが。」

お常《つね》は黙《だま》っていた。しかし憎《にく》い女の顔に難癖《なんくせ》をつけた夫のことばに幾分《いくぶん》か感情を融和《ゆうわ》させられた。

この晩にもものを言い合って興奮《こうふん》したあとの夫婦の仲直りがあった。しかしお常の心には、刺《さ》されたとげの抜《ぬ》けないような痛みが残っていた。

拾伍《じゅうご》

末造《すえぞう》の家の空気はしだいに沈《しず》んだ、重くろしい方へ傾《かたむ》いてきた。お常《つね》はおりおりただぼうっとして空《くう》を見ていて、何事も手につかぬことがある。そんな時には子供の世話も何もできなくなって、子供が何か欲《ほ》しいと言えば、すぐにあらあらしくしかる。しかっておいて気がついて、子供にあやまったり、ひとりで泣いたりする。女中が飯の菜《さい》を何にしようかと問うても、返事をしなかったり、「おまえのいいようにおし。」と言ったりする。末造の子供は学校では、高利貸しの子だと言って、友達に擯斥《ひんせき》せられても、末造がきれい好きで、女房《にょうぼう》に世話をさせるので、目立って清潔になっていたのが、今はごみだらけの頭をして、ほころびたままの着物を着て往来で遊んでいることがあるようになった。下女はおかみさんがあんなでは困ると、口小言《くちこごと》を言いなが

擯斥　のけものにすること。

ら、下手《へた》の乗っている馬がなまけて道草を食うように、物事を投げやりにして、ねずみ入らずの中で魚が腐《くさ》ったり、野菜が干物《ひもの》になったりする。

家の中のことをきちょうめんにしたがる末造には、こんな不始末を見ているのが苦痛でならない。しかしこうなったもとはわかっていて、自分が悪いのだと思うので、小言を言うわけにもゆかない。それに末造は平生小言を言う場合にも、笑談《じょうだん》のように手軽に言って、相手に反省させるのを得意としているのに、その笑談らしい態度がかえって女房《にょうぼう》の機嫌《きげん》を損ずるように見える。

末造は黙《だま》って女房を観察しだした。そして意外なことを発見した。それはお常《つね》の変なそぶりが、亭主《ていしゅ》のうちにいる時ことに甚《はなは》だしくて、留守《るす》になると、かえって醒覚《せいかく》したようになって働いていることが多いということである。子供や下女の話を聞いて、この関係を知った時、末造は最初は驚《おどろ》いたが、怜悧《れいり》な頭でいろいろに考えてみた。これはすることの気に食わぬおれの顔を見ている間、このごろの病気を出すのだ。おれは女房にどうかして夫が冷淡《れいたん》だと思わせまい、うとまれるように感ぜさせまいとしているのに、かえっておれがうちにいる時のほうが不機嫌《ふきげん》だとすると、ちょうど薬を飲ませて病気を悪

ねずみ入らず　食物や食器をしまう戸棚。

くするようなものである。こんなつまらぬことはない。これからは一つ反対にしてみようと末造は思った。

末造はいつもより早くうちを出たり、いつもより遅《おそ》くうちへ帰ったりするようになった。しかしその結果は非常に悪かった。早く出た時は、女房が最初はただ驚いて黙って見ていた。遅く帰った時は、最初の度《たび》にいつものすねてみせる消極的手段と違《ちが》って、もう我慢《がまん》がしきれない、堪忍袋《かんにんぶくろ》の緒《お》が切れたというふうで、「あなた今までどこにいましたの。」とつめ寄ってきた。そして爆発《ばくはつ》的に泣きだした。その次の度《たび》からは早く出ようとすると、「あなた今からどこへ行くのです。」と言って、無理に留めようとする。行く先を言えばうそだと言う。かまわずに出ようとすると、ぜひ聞きたいことがあるから、ちょいとでもいい、待ってもらいたいと言う。着物をつかまえて放さなかったり、玄関《げんかん》に立ちふさがったり、女中の見る目もいとわずに、出てゆくのを妨《さまた》げようとする。末造は気に食わぬことをも笑談のようにして荒立《あらだ》てずにすます流儀《りゅうぎ》なのに、むしゃぶりつくのを振《ふ》り放す、女房が倒《たお》れるという不体裁《ふていさい》を女中に見られたこともある。そんな時に末造がおとなしく留められてうちにいて、さあ、用事を聞こうと言うと、「あなたわたしをどうしてくれる気なの。」とか、「こうしていて、わたしの行く末はどうなるでしょう。」とか、なかなか一朝一夕《いっちょういっせき》に解決のできぬ難問題《なんもんだい》を提出する。要するに末造が女房《にょうぼう》の病気に試みた早出遅帰《はやでおそがえ》りの対症療法《たいしょうりょうほう》は全く功を奏《そう》せなかったのである。
　末造はまた考えてみた。女房はおれのうちにいる時のほうが機嫌《きげん》が悪い。そこでうちにいまいとすれば、強《し》いてうちにいさせようとする。そうしてみれば、求めておれをうちにいさせて、求めて自分の機嫌を悪くしているのである。それについて思い出したことがある。和泉橋《いずみばし》時代に金を貸してやった学生に猪飼《いかい》というのがいた。身なりに少しもかまわないというふうをして、素足《すあし》に足駄《あしだ》をはいて、左の肩《かた》を二三寸高くして歩いていた。そいつがどうしても金を返さず、書《か》き換《か》えもせずに逃《に》げ回っていたのに、ある日青石横町《あおいしよこちょう》の角で出くわした。「どこへ行くのです。」と言うと、「じきそこの柔術《じゅうじゅつ》の先生のところへ行くのだよ。例のはいずれそのうち。」と言ってすり抜《ぬ》けていった。おれはそのまま別れて歩きだすまねをして、そっとあとへ戻《もど》って、角に立って見ていた。猪飼は伊予紋《いよもん》に入った。おれはそれを突《つ》き留めておいて、広小《ひろこう》

対症療法　原因にではなく目の前の症状に応じた療法。

足駄　歯の高い下駄《げた》。

青石横町　御徒町《おかちまち》の中の路地の名。

伊予紋　料理屋。

路《じ》で用をたして、しばらくたってから伊予紋へ押《お》しかけていった。猪飼めさすがに驚《おどろ》いたが、持ち前の豪傑《ごうけつ》気どりで、芸者を二人呼んでばか騒《さわ》ぎをしている席へ、おれを無理に引きずり上げて、「やぼを言わずにきょうは一杯《いっぱい》飲んでくれ。」と言って、おれに酒を飲ませやがった。あの時おれは始めて芸者というものを座敷《ざしき》で見たが、その中に凄《すご》いような意気な女がいた。おしゅんといったっけ。そいつが酔《よ》っぱらって猪飼の前に座《すわ》って、何がしゃくにさわっていたのだか、毒づき始めた。その時のことばを、おれは黙《だま》って聞いていたが、いまだに忘れない。「猪飼さん、あなたきつそうなふうをしていても、まるでいくじのないかたね。あなたに言って聞かせておくのですが、女というものはときどきぶんなぐってくれる男にでなくっては惚《ほ》れませんよ。よく覚えていらっしゃい。」と言ったっけ。芸者にはかぎらない。女というものはそうしたものかもしれない。このごろのお常めは、おれをそばに引きつけておいてふくれ面《つら》をしてあらがってばかしいようとしやがる。おれにどうかしてもらいたいという様子が見えている。打たれたいのだ。そうだ。打たれたいのだ。それに相違《そうい》ない。お常めはおれがこれまで食う物もろくに食わせないで、牛馬《うしうま》のように働かせていたものだから、獣《けもの》のようになっていて、女らしい性質が出ずにいたのだ。それが今の家に引き越《こ》したころから、女中を使って、奥《おく》さんといわれて、だいぶ人間らしい暮らしをして、少し世間並みの女になりかかってきたのだ。そこでおしゅんの言ったようにぶんなぐってもらいたくなったのだ。

　そこでおれはどうだ。金のできるまでは、人になんと言われてもかまわない。乳臭《ちちくさ》い青二才にも、旦那《だんな》と言ってお辞儀《じぎ》をする。踏《ふ》まれても蹴《け》られても、損さえしなければいいという気になって、世間を渡《わた》ってきた。毎日毎日どこへ行っても、誰《たれ》の前でも、平蜘蛛《ひらぐも》のようにはいつくばって通《とお》った。世間の奴《やつ》らにつきあってみるに、目上に腰《こし》の低い奴《やつ》は、目下にはつらく当たって、弱いものいじめをする。酔《よ》って女や子供をなぐる。おれには目上も目下もない。おれに金をもうけさせてくれるものの前にははいつくばう。そうでない奴は、誰《だれ》でも彼《かれ》でもいっさいいるもいないも同じことだ。てんで相手にならない。打ちやっておく。なぐるなんという余計な手数はかけない。そんなむだをするほどなら、おれは利足《りそく》の勘定《かんじょう》でもする。女房《にょうぼう》をもその扱《あつか》いにしていたの

青二才
　年が若く経験にとぼしい者。

平蜘蛛のように
　平身低頭するさま。

利足
　金を貸した者に支払《しはら》われる金銭。利子。利息。

だ。
お常めおれになぐってもらいたくなったのだ。当人には気の毒だが、こればかりはおあいにくさまだ。債務者《さいむ》の脂《あぶら》を柚子《ゆず》なら苦い汁《しる》が出るまで絞《しぼ》ることはおれにできる。誰をも打つことはできない。末造はこんなことを考えたのである。

拾陸《じゅうろく》

無縁坂《むえんざか》の人通りが繁《しげ》くなった。九月になって、大学の課程が始まるので、国々へ帰っていた学生が、一時に本郷界隈《ほんごうかいわい》の下宿屋に戻《もど》ったのである。
朝晩はもう涼《すず》しくても、昼中《ひるなか》はまだ暑い日がある。お玉の家では、越《こ》してきた時掛《か》け替《か》えた青すだれの、色のさめる隙《ひま》のないのが、肱掛《ひじか》け窓《まど》の竹格子《たけごうし》の内側を、上から下まですきまなく深く閉ざしている。無聊《ぶりょう》に苦しんでいるお玉は、その窓の内で、暁斎《ぎょうさい》や是真《ぜしん》の画《え》のあるうちわを幾《いく》つも挿《さ》したうちわ挿しの下の柱にもたれて、ぼんやり往来を眺《なが》めている。三時が過ぎると、学

債務者　金銭を支払う義務がある者。

無聊　退屈なこと。

暁斎や是真　河鍋《かわなべ》暁斎（一八三一～八九）。柴田《しばた》是真（一八〇七～九一）。ともに日本画家。

生が三四人ずつの群れをなして通る。そのたびごとに、隣《となり》の裁縫《さいほう》の師匠《ししょう》の家で、小雀《こすずめ》のさえずるような娘《むすめ》たちの声がひときわやかましくなる。それに促《うなが》されてお玉もどんな人が通るかと、覚えず気をつけて見ることがある。

そのころの学生は、七八分通りはのちにいう壮士肌《そうしはだ》で、まれに紳士《しんし》風なのがあると、それは卒業すぐ前の人たちであった。色の白い、目鼻立ちのいい男は、とかく軽薄《けいはく》らしく、きいたふうで、懐《なつ》かしくない。そうでないのは、学問のできる人がその中にあるのかはしれぬが、女の目には荒々《あらあら》しく見えていやである。それでもお玉は毎日見るともなしに、窓の外を通る学生を見ている。そしてある日自分の胸に何物かが芽《め》ざしてきているらしく感じて、はっと驚《おどろ》いた。意識のしきいの下で胎《たい》を結んで、形ができてから、突然躍《とつぜんおど》りだしたような想像の塊《かたまり》に驚かされたのである。

お玉は父親を幸福にしようという目的以外に、何の目的も有していなかったので、無理に堅《かた》い父親をくどき落とすようにして人の妾《めかけ》になった。そしてそれを堕落《だらく》せられるだけ堕落するのだと見て、その利他的行為《こうい》のうちに一種の安心を求めていた。しかしその檀那《だんな》と頼《たの》んだ人が、人もあろうに高利貸し

壮士肌
勇ましい豪傑《ごうけつ》かたぎ。

きいたふう
知ったかぶりでなまいき。

意識のしきいの下
無意識領域。

利他的行為
他人のために自分を犠牲《ぎせい》にする行為。

であったと知った時は、あまりのことに途方《とほう》に暮れた。そこでどうも自分一人で胸のうやもやを排《はい》し去ることができなくなって、その心持ちを父親に打ち明けて、いっしょに苦しみもだえてもらおうと思った。そうは思ったものの、池《いけ》の端《はた》の父親を尋《たず》ねてその平穏《へいおん》な生活を目《ま》のあたり見ては、どうも老人の手にしている杯《さかずき》のうちに、一滴《いってき》の毒を注ぐに忍《しの》びない。よしやせつない思いをしても、その思いをわが胸一つに畳《たた》んでおこうと決心した。そしてこの決心と同時に、これまで人にたよることしか知らなかったお玉が、始めて独立したような心持ちになった。

この時からお玉は自分で自分の言ったりしたりすることをひそかに観察するようになって、末造《すえぞう》が来てもこれまでのようにわだかまりのない直情《ちょくじょう》で接せずに、意識してもてなすようになった。その間《あいだ》別に本心があって、体を離《はな》れてわきへ退《の》いて見ている。そしてその本心は末造をも、末造の自由になっている自分をもあざ笑っている。お玉はそれに始めて気がついた時ぞっとした。しかし時がたつとともに、お玉は慣れて、自分の心はそうなくてはならぬもののように感じてきた。

それからお玉が末造を遇《ぐう》することはいよいよ厚くなって、お玉の心はいよいよ末造にうとくなった。そして末造に世話になっているのがありがたくもなく、自分が末造のしむけてくれることを恩にきないでも、それを末造に対して気の毒がるには及《およ》ばぬように感ずる。それと同時にまたなんのしつけをも受けていない芸なしの自分ではあるが、その自分が末造の持ち物になって果てるのは惜《お》しいように思う。とうとう往来を通る学生を見ていて、あの中にもし頼《たの》もしい人がいて、自分を今の境界《きょうがい》から救ってくれるようにはなるまいかとまで考えた。そしてそういう想像にふける自分を、忽然《こつぜん》意識した時、はっと驚《おどろ》いたのである。

この時お玉と顔を知り合ったのが岡田《おかだ》であった。お玉のためには岡田もただ窓の外を通る学生の一人にすぎない。しかしきわだって立派な紅顔の美少年でありながら、うぬぼれらしい、きざな態度がないのにお玉は気がついて、何とはなしに懐《なつ》かしい人柄《ひとがら》だと思い初《そ》めた。それから毎日窓から外を見ているにも、またあの人が通りはしないかと待つようになった。

境界
境遇《きょうぐう》。境涯《きょうがい》。

まだ名前も知らず、どこに住まっている人か知らぬうちに、たびたび顔を見合わすので、お玉はいつか自然に親しい心持ちになった。そしてふと自分のほうから笑いかけたが、それは気のゆるんだ、抑制作用《よくせいさよう》の麻痺《まひ》した刹那《せつな》のできごとで、おとなしい質《たち》のお玉にはこちらから恋《こい》をしかけようと、はっきり意識して、故意にそんなことをする心はなかった。

岡田が始めて帽子《ぼうし》を取って会釈《えしゃく》した時、お玉は胸を躍《おど》らせて、自分で自分の顔の赤くなるのを感じた。女は直覚が鋭《するど》い。お玉には岡田の帽子を取ったのが発作的行為《こうい》で、故意にしたのでないことが明白に知れていた。そこで窓の格子《こうし》を隔《へだ》てたおぼつかない不言の交際がここに新しい époque《エポック》に入《い》ったのを、この上もなくうれしく思って、幾度《いくど》も繰《く》り返しては、その時の岡田の様子を想像にえがいてみるのであった。

妾《めかけ》も檀那《だんな》の家にいると、世間並みの保護の下《もと》に立っているが、囲い者には人の知らぬ苦労がある。お玉のうちへもある日、印半纏《しるしばんてん》を裏返して着た三十前後の男が来て、下総《しもうさ》のもので国へ帰るのだが、足を傷《いた》めて歩かれぬから、

époque　（フランス語）時期。

下総　千葉県北部と茨《いばら》城《き》県西部を合わせた旧国名。

合力《ごうりき》をしてくれと言った。十銭銀貨を紙に包んで、梅《うめ》に持たせて出すと紙をあけて見て、「十銭ですかい。」と言って、にやりと笑って、「おおかたまちがいだろうから、聞いてみてくんねえ。」と言いつつ投げ出した。

梅が真っ赤になって、それを拾って入るあとから、男は無遠慮《ぶえんりょ》に上がってきて、お玉の炭をついでいる箱火鉢《はこひばち》の向こうに座《すわ》った。なんだかいろいろなことを言うが、とりとめた話ではない。監獄《かんごく》にいた時どうだとかいうことを幾度《いくど》も言って、いばるかと思えば、泣き言を言っている。酒のにおいが胸の悪いほどどするのである。

お玉はこわくて泣き出したいのを我慢《がまん》して、そのころ通用していた骨牌《かるた》のような形の青い五十銭札を二枚、見ている前で出して紙に包んで、黙《だま》って男の手に渡《わた》した。男は存外造作《ぞうさ》なく満足して、「半助《はんすけ》でも二枚ありゃあ結構だ、姉さん、おまえさんはわかりのいい人だ、きっと出世しますよ。」と言って、おぼつかない足を踏《ふ》みしめて帰った。

こんなできごとがあったので、お玉は心細くてならぬところから、「隣《となり》を買う」ということをも覚えて、変わった菜《さい》でもこしらえた時は、一人暮らしで

合力
　金品を恵むこと。

半助
　一円（円助）の半分。五十銭。

隣を買う
　信頼できる隣家を選び交際する。

いる右隣の裁縫《さいほう》のお師匠《ししょう》さんのところへ、梅に持たせてやるようになった。

師匠はお貞《てい》といって、四十を越《こ》しているのに、まだどこやら若く見えるところのある、色の白い女である。前田家の奥《おく》で、三十になるまで勤めて、夫を持ったがまもなく死なれてしまったという。ことばづかいが上品で、お家流の手をよく書く。お玉が手習いがしたいと言った時、手本などを貸してくれた。

ある日の朝お貞が裏口から、前日にお玉のやった何やらの礼を言いに来た。しばらく立ち話をしているうちに、お貞が「あなた岡田さんがお近づきですね。」と言った。

お玉はまだ岡田という名を知らない。それでいて、お師匠さんのいうのはあの学生さんのことだということ、こう聞かれるのは自分に辞儀《じぎ》をしたところを見られたのだということ、この場合ではいやでも知ったふりをしなくてはならぬということなどが、稲妻《いなずま》のように心頭をかすめて過ぎた。そして遅《ち》疑《ぎ》した跡《あと》をお貞が認め得ぬほどすみやかに、「ええ。」と答えた。

「あんなお立派なかたでいて、たいそう品行がよくておいでなさるのですっ

前田家の奥　前田家の上屋敷《かみやしき》で、主人が奥方と生活する場所。奥女中などが仕えた。

お家流　江戸《えど》時代に公文書の書体となった和様の書風。

遅疑　迷ってためらうこと。

てね。」とお貞が言った。

「あなたよくご存じね。」と大胆《だいたん》にお玉が言った。

「上条《かみじょう》のおかみさんも、大勢学生さんたちが下宿していなすっても、あんなかたはほかにないと言っていますの。」こう言っておいて、お貞は帰った。

お玉は自分が褒《ほ》められたような気がした。そして「上条、岡田」と口の内で繰《く》り返した。

拾漆《じゅうしち》

お玉のところへ末造《すえぞう》の来る度数は、時のたつにつれて少なくはならないで、かえって多くなった。それはこれまでのように決まって晩に来るほかに、不規則な時間にちょいちょい来るようになったのである。なぜそうなったかというに、女房《にょうぼう》のお常《つね》がうるさくつきまとって、どうかしてくれ、どうかしてくれと言うので、ふいと逃《に》げ出して無縁坂《むえんざか》へ来るからである。いつも末造がそんな時、どうもすることはない、これまでどおりにしていればいいのだと言うと、どうにかしなくてはいられぬと言って、里へ帰られぬことや、子供の手放されぬことや、自分の年を取ったことや、つまり生活状態の変更《へんこう》に対するあらゆる障碍《しょうがい》を並べてくどき立てる。それでも末造はどうもすることはない、どうもしなくてもいいと繰《く》り返す。そのうちにお常はしだいに腹を立ててきて、手がつけられぬようになる。そこで飛び出すことになっている。

何事も理屈《りくつ》っぽく、数学的にものを考える末造がためには、お常の言っていることが不思議でならない。ちょうど一方が開け放されて、三方が壁《かべ》でふさがれている間《ま》の、その開け放された戸口を背にして立っていて、どちらへも行かれぬと言って、もだえ苦しむ人を見るような気がする。戸口は開け放されているではないか。なぜ振《ふ》り返って見ないのだというよりほかに、その人に対して言うべきことばはない。お常の身の上はこれまでより楽にこそなっているが、少しも圧制だの窘迫《きんぱく》だの掣肘《せいちゅう》だのを受けてはいない。なるほど無縁坂というものが新たにできたには相違《そうい》ない。しかし世間の男のように、自分はそのために、女房に冷淡《れいたん》になったとか、苛酷《かこく》になったとかいうことはない。むしろこれまでよりは親切に、寛大《かんだい》に取り扱《あつか》っている。戸口は依然《いぜん》とし

圧制だの窘迫だの掣肘だの　押《お》さえつけ、苦しめ、自由を奪《うば》うこと。

て開け放されているではないかと思うのである。

　むろん末造のこういう考えには、身勝手が交じっている。なぜというに、物質的に女房《にょうぼう》にしむけることがこれまでと変わらぬにしても、また自分が女房に対することばや態度が変わらぬにしても、お玉というものがいる今を、いなかった昔と同じように思えというのは、無理な要求である。お常がために目の内のとげになっているお玉ではないか。それを抜《ぬ》いて安心させてやろうという意志が自分にはないではないか。もとよりお常は物事に筋道を立てて考えるような女ではないから、そんなことをはっきり意識してはいぬが、末造のいう戸口が依然《いぜん》として開け放されてはいない。お常が現在の安心や未来の希望を覗《のぞ》く戸口には、重くろしい、黒い影《かげ》が落ちているのである。

　ある日末造はけんかをして、うちをひょいと飛び出した。時刻は午前十時過ぎでもあっただろう。すぐに無縁坂《むえんざか》へ行こうかとも思ったが、あいにく女中が小さい子を連れて、七軒町《しちけんちょう》の通りにいたので、わざと切通《きりどお》しの方へ抜けて、どこへ行くという気もなしに、天神町《てんじんちょう》から五軒町《ごけんちょう》へと、忙《いそが》しそうに歩いていった。おりおり「くそ」「畜生《ちくしょう》」などという、いかがわしい単語を口の内

天神町から五軒町へ
不忍池《しのばずのいけ》西南の湯島切通しに接して天神町があり、南へ五軒町などを経て、神田川にかかる昌平橋がある。

でつぶやいているのである。昌平橋《しょうへいばし》にかかる時、向こうから芸者が来た。どこかお玉に似ていると思って、わきをすれ違《ちが》うのをよく見れば、顔はそばかすだらけであった。やっぱりお玉のほうがべっぴんだなと思うと同時に、心に愉快《ゆかい》と満足とを覚えて、しばらく足を橋の上にとめて、芸者の後ろ影《うしろかげ》を見送った。多分買い物にでも出たのだろう、そばかす芸者は講武所《こうぶしょ》の横町へ姿を隠《かく》してしまった。

そのころまだめずらしい見物《みもの》になっていた眼鏡橋《めがねばし》の袂《たもと》を、柳原《やなぎわら》の方へ向いてぶらぶら歩いていく。川岸の柳の下に大きい傘《かさ》を張って、その下で十二三の娘《むすめ》にかっぽれを踊《おど》らせている男がある。その周囲にはいつものように人が集まって見ている。末造がちょいと足をとめて踊りを見ていると、印半纏《しるしばんてん》を着た男がぶっつかりそうにして、よけていった。目ざとく振《ふ》り返った末造と、その男は目を見合わせてすぐに背中を向けて通り過ぎた。「なんだ、目先の見えねえ。」とつぶやきながら、末造は袖《そで》に入れていた手で懐中《かいちゅう》をさぐった。むろん何も取られてはいなかった。このすりは実際目先が見えぬのであった。なぜというに、末造は夫婦げんかをした日には、神経が緊張《きんちょう》してい

講武所の横町
幕末設置された武芸講習所の所有地付近の称《しょう》。

かっぽれ
俗謡《ぞくよう》に合わせた滑稽《こっけい》な踊《おど》り。

て、ふだん気のつかぬほどのことにも気がつく。鋭敏《えいびん》な感覚がいっそう鋭敏になっている。すりのほうですろうという意志が生ずるに先だって、末造はそれを感ずるくらいである。こんな時には自己を抑制《よくせい》することのできるのを誇《ほこ》っている末造も、多少その抑制力がゆるんでいる。しかしたいていの人にはそれがわからない。もし非常に感覚の鋭敏な人がいて、細かに末造を観察したら、彼《かれ》が常よりやや能弁になっているのに気がつくだろう。そして彼の人の世話を焼いたり、人に親切らしいことを言ったりする言語挙動の間に、どこかあわただしいような、やや不自然なところのあるのを認めるだろう。

もううちを飛び出してからよほど時間がたったように思って、川岸をあとへ引き返しつつ懐《ふところ》時計《どけい》を出して見た。まだやっと十一時である。うちを出てから三十分もたってはいぬのである。

末造はまたどこを当てともなしに、淡路町《あわじちょう》から神保町《じんぼうちょう》へ、何か急な用事でもありそうな様子をして歩いてゆく。今川小路《いまがわこうじ》の少し手前に御茶漬《おちゃづけ》という看板を出した家がそのころあった。二十銭ばかりでお膳《ぜん》をすえて、香《こう》の物《もの》に茶まで出す。末造はこの家を知っているので、午《ひる》を食べに寄ろうかと思ったが、

今川小路
神保町と九段坂《くだんざか》の間に位置する。堀留《ほりどめ》川にかけられた俎橋があった。

それにはまだ少し早かった。そこを通り過ぎると、右へ回って組橋《まないたばし》の手前の広い町に出る。この町は今のように駿河台《するがだい》の下まで広々とついていたのではない。ほとんど袋町《ふくろまち》のように、今末造の来た方角へ曲がるところで終わって、それから医学生が虫様突起《ちゅうようとっき》と名づけた狭《せま》い横町が、あの山岡鉄舟《やまおかてっしゅう》の字を柱に彫《ほ》りつけた社《やしろ》の前を通っていた。これは袋町めいた、組橋の手前の広い町を盲腸《もうちょう》にたとえたものである。

末造は組橋を渡《わた》った。右側に飼い鳥を売る店があって、いろいろな鳥のにぎやかなさえずりが聞こえる。末造は今でも残っているこの店の前に立ち留《と》まって、軒《のき》に高くつってある鸚鵡《おうむ》やいんこのかご、下に置き並べてある白鳩《しらはと》や朝鮮鳩《ちょうせんばと》のかごなどを眺《なが》めて、それから奥《おく》の方に幾段《いくだん》にも積みかさねてある小鳥のかごに目を移した。鳴くにも飛び回るにも、この小さい連中が最も声高《こわだか》で最も活発であるが、中にも目立ってかごの数が多く、にぎやかなのは、明るい黄いろな外国種《だね》のカナリアどもであった。しかしなおよく見ているうちに、沈《しず》んだ強い色で小さい体を彩《いろど》られている紅雀《べにすずめ》が末造の目を引いた。末造はふいとあれを買って持っていって、お玉に飼わせておいたら、さぞふさ

虫様突起　盲腸の先端《せんたん》の細長い突起。虫垂《ちゅうすい》。
山岡鉄舟（一八三六～八八）剣術家・政治家。

わしかろうと感じた。そこであまり売りたがりもしなさそうな様子をしているじいさんに値を問うて、一つがいの紅雀《べにすずめ》を買った。代を払《はら》ってしまった時、じいさんはどうして持ってゆくかと問うた。かごに入れて売るのではないかと言えば、そうでないと言う。ようようかごを一つ頼《たの》むようにして売ってもらって、それに紅雀を入れさせた。幾羽《いくわ》もいるかごへ、萎《しな》びた手をあらあらしく差し込《こ》んで、二羽つかみ出して、空《から》かごに移し入れるのである。それで雌雄《めすおす》がわかるかと言えば、しぶしぶ「へえ。」と返事をした。

　末造は紅雀のかごをさげて俎橋《まないたばし》の方へ引き返した。こんどは歩き方がゆるやかになって、おりおりかごを持ち上げては、中の鳥をのぞいてみた。けんかをしてうちを飛び出した気分が、ぬぐい去ったように消えてしまって、ふだんこの男のどこかに潜《ひそ》んでいる、優《やさ》しい心が表面に浮《う》かび出ている。かごの中の鳥は、かごの揺《ゆ》れるのをおそれてか、止まり木をしっかりつかんで、羽をすぼめるようにして、身動きもしない。末造はのぞいてみるたびに、早く無縁坂《むえんざか》の家に持っていって、窓のところにつるしてやりたいと思った。

今川小路《いまがわこうじ》を通る時、末造は茶漬屋《ちゃづけや》に寄って午食《ひるしょく》をした。女中の据《す》えた黒塗《ぬ》りの膳《ぜん》の向こうに、紅雀のかごを置いて、目にかわいらしい小鳥を見、心にかわいらしいお玉のことを思いつつ、末造はあまりごちそうでもない茶漬屋の飯をうまそうに食った。

拾捌《じゅうはち》

末造《すえぞう》がお玉に買ってやった紅雀は、はからずもお玉と岡田《おかだ》とがことばを交わす媒《なかだち》となった。

　この話をしかけたので、僕《ぼく》はあの年の気候《きこう》のことを思い出した。あのころは亡《な》くなった父が秋草を北千住《きたせんじゅ》の家の裏庭に作っていたので、土曜日に上《かみ》条《じょう》から父のところへ帰ってみると、もう二百十日が近いからと言って、篠竹《しのだけ》をたくさん買ってきて、女郎花《おみなえし》やら藤袴《ふじばかま》やらに一本一本それを立ててそえて縛《しば》っていた。しかし二百十日は無事に過ぎてしまった。それから二百二十日《はつか》があぶないと言っていたが、それも無事に過ぎた。しかしそのころから毎日毎日雲のたたずまいが不穏《ふおん》になって、暴模様《あれもよう》が見える。おりおりまた夏に

北千住　現在の東京都足《あ》立《だち》区千住。

二百十日　立春から数えての称《しょう》。九月一日ごろ。台風がよく来るといわれた。

戻《もど》ったかと思うような蒸《む》し暑いことがある。巽《たつみ》から吹《ふ》く風が強くなりそうになってはまたやむ。父は二百十日が「なしくずし」になったのだと言っていた。

僕《ぼく》はある日曜日の夕方に、北千住《きたせんじゅ》から上条《かみじょう》へ帰ってきた。書生は皆《みな》外へ出ていて、下宿屋はひっそりしていた。自分の部屋へ入って、しばらくぼんやりしていると、今まで誰《たれ》もいないと思っていた隣《となり》の部屋でマッチをする音がする。僕は寂《さび》しく思っていた時だから、すぐに声をかけた。

「岡田君。いたのか。」

「うん。」返事だか、なんだかわからぬような声である。僕と岡田とはずいぶん心安くなって、他人行儀《たにんぎょうぎ》はしなくなっていたが、それにしてもこの時の返事はいつもとは違《ちが》っていた。

僕は腹の中で思った。こっちもぼんやりしていたが、岡田もやっぱりぼんやりしていたようだ。何か考え込《こ》んでいたのではあるまいか。こう思うと同時に、岡田がどんな顔をしているか見たいような気がした。そこで重ねて声をかけてみた。「君、邪魔《じゃま》をしに行ってもいいかい。」

巽　南東の方角。

「いいどころじゃない。実はさっき帰ってからぼんやりしていたところへ、君が隣へ帰ってきてがたがたいわせたので、ふるって明かりでもつけようという気になったのだ。」こんどは声がはっきりしている。

僕は廊下《ろうか》に出て、岡田の部屋の障子《しょうじ》を開けた。岡田はちょうど鉄門の真向かいになっている窓を開けて、机に肘《ひじ》をついて、暗い外の方を見ている。縦《たて》に鉄の棒《ぼう》を打ちつけた窓で、その外には犬走りに植えた側柏《ひのき》が二三本ほこりを浴びて立っているのである。

岡田は僕の方へ振《ふ》り向いて言った。「きょうもまた妙《みょう》にむしむしするじゃないか。僕のところには蚊《か》が二三びきいてうるさくてしようがない。」

僕は岡田の机の横の方にあぐらをかいた。「そうだねえ。僕のおやじは二百十日のなしくずしと称《しょう》している。」

「ふん。二百十日のなしくずしとはおもしろいねえ。なるほどそうかもしれないよ。僕は空が曇ったり晴れたりしているもんだから、出ようかどうしようかと思って、とうとう午前の間じゅう寝《ね》ころんで、君に借りた金瓶梅《きんぺいばい》を読んでいたのだ。それから頭がぼうっとしてきたので、午飯《ひるめし》を食ってからぶら

犬走り
建物の外壁《がいへき》とその外側の道や溝《みぞ》との間の狭《せま》い場所。

ぶら出かけると、妙《みょう》なことに出会ってねえ。」岡田は僕《ぼく》の顔を見ずに、窓の方へ向いてこう言った。

「どんなことだい。」

「蛇退治《へびたいじ》をやったのだ。」岡田は僕の方へ顔を向けた。

「美人をでも助けたのかい。」

「いや。助けたのは鳥だがね、美人にも関係しているのだよ。」

「それはおもしろい。話して聞かせたまえ。」

拾玖《じゅうく》

岡田《おかだ》はこんな話をした。

雲があわただしく飛んで、もの狂《くる》おしい風が一吹《ふ》き二吹き衝突的《しょうとつ》に起こって、ちまたのちりを巻き上げてはまたやむ午過《ひる》ぎに、半日読んだ支那《しな》小説に頭を痛めた岡田は、どこへ行くという当てもなしに、上条《かみじょう》の家を出て、習慣に任せて無縁坂《むえんざか》の方へ曲がった。頭はぼんやりしていた。いったい支那小説はどれでもそうだが、中にも金瓶梅《きんぺいばい》は平穏《へいおん》な叙事《じょじ》が十枚か二十枚かあると思うと、約束したようにけしからんことが書いてある。

「あんな本を読んだあとだからねえ、僕はさぞばかげた顔をして歩いていただろうと思うよ。」と岡田は言った。

しばらくして右側が岩崎《いわさき》の屋敷《やしき》の石垣《いしがき》になって、道が爪先下《つまさき》がりになったころ、左側に人立ちのしているのに気がついた。それがちょうどいつも自分のことさらに見て通る家の前であったが、そのことだけは岡田が話す時打ち明けずにしまった。集まっているのは女ばかりで、十人ばかりもいただろう。大半は小娘《こむすめ》だから、小鳥のさえずるように何やら言って騒《さわ》いでいる。岡田は何事もわきまえず、またそれを知ろうという好奇心を起こす暇《ひま》もなく、今まで道の真ん中を歩いていた足を二三歩その方へ向けた。

大勢の女の目がただ一つの物に集注しているので、岡田はその視線をたどってこの騒ぎのもとを見つけた。それはそこの家の格子窓《こうしまど》の上につるしてある鳥かごである。女どもの騒ぐのも無理はない。岡田もそのかごの中の様子を見て驚《おどろ》いた。鳥はばたばた羽ばたきをして、鳴きながら狭《せま》いかごの中を

爪先下がり　少しずつ下りになっていくこと。

飛び回っている。何物が鳥に不安を与《あた》えているのかと思ってよく見れば、大きい青大将が首をかごの中に入れているのである。頭をくさびのように細い竹と竹との間に押《お》し込《こ》んだものとみえて、かごはちょっと見たところでは破れてはいない。蛇《へび》は自分の体の大きさの入り口を開けて首を入れたのである。岡田はよく見ようと思って二三歩進んだ。小娘《こむすめ》どもの肩《かた》を並べている後ろに立つようになったのである。小娘どもは言い合わせたように岡田を救助者として迎《むか》える気になったらしく、道を開いて岡田を前へ出した。岡田はこの時また新しい事実を発見した。それは鳥が一羽ではないということである。羽ばたきをして逃《に》げ回っている鳥のほかに、同じ羽色の鳥がいま一羽もう蛇にくわえられている。片方の羽の全部を口に含《ふく》まれているにすぎないのに、恐怖《きょうふ》のためか死んだようになって、一方の羽をぐたりと垂れて、体が綿のようになっている。

この時家の主人らしいやや年上の女が、あわただしげに、しかも遠慮《えんりょ》らしく岡田にものを言った。蛇をどうかしてくれるわけにはいくまいかと言うのである。「お隣《となり》へお仕事のおけいこに来ていらっしゃる皆《みな》さんが、すぐに大

青大将
蛇の一種。体は緑色を帯び毒はない。

勢でいらっしゃってくだすったのですが、どうも女の手ではどうすることもできませんでございます。」と女は言い足した。小娘の中の一人が、「このかたが鳥の騒《さわ》ぐのを聞いて、障子《しょうじ》を開けてみて、蛇を見つけなすった時、きゃっと声を立てなすったもんですから、わたしどもはお仕事をおいて、皆《みな》出てきましたが、本当にどうもいたすことができませんの、お師匠《ししょう》さんはお留守《るす》ですが、いらっしゃったっておばあさんのかたですからだめですわ。」と言った。師匠は日曜日に休まずに一六《いちろく》に休むので、弟子《でし》が集まっていたのである。

この話をする時岡田は、「その主人の女というのがなかなかべっぴんなのだよ。」と言った。しかし前から顔を見知っていて、通るたびにあいさつをする女だとは言わなかった。

岡田は返辞《へんじ》をするより先に、かごの下へ近寄って蛇の様子を見た。かごは隣《となり》の裁縫《さいほう》の師匠の家の方に寄せて、窓につるしてあって、蛇はこの家と隣家《りんか》との間から、庇《ひさし》の下をつたってかごにねらい寄って首を挿《さ》し込《こ》んだのである。蛇の体は縄《なわ》をかけたように、庇の腕木《うでぎ》を横切っていて、尾《お》はまだ隅《すみ》の柱のさ

一六　一のつく日と六のつく日。

きに隠《かく》れている。ずいぶん長い蛇《へび》である。いずれ草木の茂《しげ》った加賀屋敷《かがやしき》のどこかに住んでいたのがこのごろの気圧の変調を感じてさまよい出て、途中《とちゅう》でこのかごの鳥を見つけたものだろう。岡田もどうしようかとちょいと迷った。女たちがどうもすることのできなかったのは無理もないのである。

「何か刃物《はもの》はありませんか。」と岡田は言った。主人の女が一人の小娘《こむすめ》に、「あの台所にある出刃《でば》を持っておいで。」と言いつけた。その娘は女中だったと見えて、けいこに隣《となり》へ来ているというほかの娘たちと同じようなゆかたを着た上に紫《むらさき》のメリンスでくけたたすきを掛《か》けていた。魚を切るほうちょうで蛇を切られては困るとでも思ったか、娘は抗議《こうぎ》をするような目つきをして主人の顔を見た。「いいよ、おまえの使うのは新しく買ってやるから。」と主人が言った。娘は合点《がてん》がいったとみえて、駆《か》けてうちへ入って出刃ぼうちょうを取ってきた。

　岡田は待ちかねたようにそれを受け取って、はいていた下駄《げた》を脱《ぬ》ぎ捨てて、肱掛《ひじか》け窓《まど》へ片足をかけた。体操は彼《かれ》の長技である。左の手はもう庇《ひさし》の腕木《うでぎ》を握《にぎ》っている。岡田はほうちょうが新しくはあってもあまり鋭利《えいり》でないことを

メリンス　うすくやわらかな毛織物。モスリン。

くけた　縫《ぬ》い目が外に目立たないように縫った。

知っていたので、初めから一撃《いちげき》に切ろうとはしない。ほうちょうで蛇の体を腕木に押《お》し付けるようにして、ぐりぐりと刃を二三度前後に動かした。蛇のうろこの切れる時、硝子《がらす》を砕《くだ》くような手ごたえがした。この時蛇はもう羽をくわえていた鳥の頭を頬《ほお》のうちにたぐり込《こ》んでいたが、体に重傷を負って、波の起伏《きふく》のような運動をしながら、獲物《えもの》を口から吐《は》こうともせず、首をかごから抜《ぬ》こうともしなかった。岡田は手をゆるめずにほうちょうを五六度も前後に動かしたかと思う時、鋭《するど》くもない刃がとうとう蛇を俎上《そじょう》の肉のごとくに両断した。絶えず体に波を打たせていた蛇の下半身《しもはんしん》が、まずばたりと麦門冬《りゅうのひげ》の植えてある雨垂れ落ちの上に落ちた。続いて上《かみ》半身が這《は》っていた窓のかもいの上をはずれて、首をかごに挿《さ》し込《こ》んだままぶらりと下がった。鳥を半分くわえてふくらんだ頭が、弓なりに撓《た》められて折れずにいたかごの竹につかえて抜《ぬ》けずにいるので、上半身の重みがかごに加わって、かごは四十五度ぐらいに傾《かたむ》いた。その中では生き残った一羽の鳥が、不思議に精力を消耗《しょうもう》し尽《つ》くさずに、まだ羽ばたきをして飛び回っているのである。

岡田は腕木にからんでいた手を放して飛び降りた。女たちはこの時まで一

麦門冬
ユリ科の常緑多年草。

同息をつめて見ていたが、二三人はここまで見て裁縫《さいほう》の師匠《ししょう》の家《うち》に入った。

「あのかごを下ろして蛇《へび》の首を取らなくては。」と言って、岡田は女主人の顔を見た。しかし蛇の半身がぶらりと下がって、切り口から黒ずんだ血がぽたぽた窓板の上に垂れているので、主人も女中もうちに入ってつるしてある麻《あさ》糸《いと》をはずす勇気がなかった。

その時「かごを下ろしてあげましょうか。」と、とんきょうな声で言ったものがある。集まっている一同の目はその声の方に向いた。声の主は酒屋の小《こ》僧《ぞう》であった。岡田が蛇退治《たいじ》をしている間、寂《さび》しい日曜日の午後に無縁坂《むえんざか》を通るものはなかったが、この小僧がひとり通りかかって、くぐ縄《なわ》で縛《しば》った徳利《とくり》と通い帳とをぶら下げたまま、蛇退治を見物していた。そのうち蛇の下半身《しもはんしん》が麦門冬《りゅうのひげ》の上に落ちたので小僧は徳利も帳面も捨てておいて、すぐに小石を拾って蛇の傷口《きずぐち》をたたいて、たたくたびにまだ死にきらない下半身が波を打つように動くのを眺《なが》めていたのである。

「そんなら小僧さんすみませんが。」と女主人が頼《たの》んだ。小さい女中が格子《こうし》戸《ど》から小僧を連れてうちへ入った。まもなく窓に現れた小僧は万年青《おもと》の鉢《はち》の

くぐ縄
クグという草の茎《くき》で作った縄。

置いてある窓板の上に登って、いっしょう懸命背《けんめいせ》のびをしてかごをつるしてある麻糸《あさいと》を釘《くぎ》からはずした。そして女中が受け取ってくれぬので、小僧はかごを持ったまま窓板から降りて、戸口に回って外へ出た。

小僧はいっしょについて来た女中に、「かごはわたしが持っているから、あの血を掃除《そうじ》しなくちゃいけませんぜ、畳《たたみ》にも落ちましたからね。」と、高慢《こうまん》らしく忠告した。「本当に早く血をふいておしまいよ。」と、女主人が言った。女中は格子戸の中へ引き返した。

岡田は小僧の持って出たかごをのぞいてみた。一羽の鳥は止まり木に止まって、ぶるぶるふるえている。蛇にくわえられた鳥の体は半分以上口の中に入っている。蛇は体を切られつつも、最期《さいご》の瞬間《しゅんかん》まで鳥をのもうとしていたのである。

小僧は岡田の顔を見て、「蛇を取りましょうか。」と言った。「うん、取るのはいいが、首をかごの真ん中のところまで持ち上げて抜《ぬ》くようにしないと、まだ折れていない竹が折れるよ。」と、岡田は笑いながら言った。小僧はうまく首を抜き出して、指先で鳥のしりを引っ張ってみて、「死んでも放しゃあがらない。」と言った。

この時まで残っていた裁縫《さいほう》の弟子《でし》たちは、もう見るものがないと思ったか、そろって隣《となり》の家の格子戸《こうしど》の内に入った。

「さあ僕《ぼく》もそろそろおいとまをしましょう。」と言って、岡田があたりを見回した。

女主人はうっとりと何かものを考えているらしく見えていたが、このことばを聞いて、岡田の方を見た。そして何か言いそうにして躊躇《ちゅうちょ》して、目をわきへそらした。それと同時に女は岡田の手に少し血のついているのを見つけた。「あら、あなたお手がよごれていますわ。」と言って、女中を呼んで上がり口へ手水盥《ちょうずだらい》を持ってこさせた。岡田はこの話をする時女の態度を細かには言わなかったが、「ほんの少しばかり小指のところに血のついていたのを、よく女が見つけたと、僕は思ったよ。」と言った。

岡田が手を洗っている最中に、それまで蛇《へび》ののどから鳥の死骸《しがい》を引き出そうとしていた小僧《こぞう》が、「やあ大変。」と叫《さけ》んだ。

新しい手ぬぐいの畳《たた》んだのを持って、岡田のそばに立っている女主人が、開けたままにしてある格子戸に片手をかけて外をのぞいて、「小僧さん、何。」と言った。

小僧は手をひろげて鳥かごを押《お》さえていながら、「も少しで蛇が首を入れた穴から、生きている分の鳥が逃《に》げるところでした。」と言った。

岡田は手を洗ってしまって、女のわたした手ぬぐいでふきつつ、「その手を放さずにいるのだぞ。」と小僧に言った。そして何かしっかりした糸のようなものがあるならもらいたい、鳥がかごの穴から出ないようにするのだと言った。

女はちょっと考えて、「あの元結《もとゆい》ではいかがでございましょう。」と言った。

「けっこうです。」と岡田が言った。

女主人は女中に言いつけて、鏡台のひきだしから元結を出してこさせた。

岡田はそれを受け取って、鳥かごの竹の折れた跡《あと》に縦横に結びつけた。

「まず僕の仕事はこのくらいでおしまいでしょうね。」と言って、岡田は戸口を出た。

女主人は「どうもまことに。」と、さもことばに窮《きゅう》したように言って、あと

元結
髪《かみ》を束ねる時に使う紐《ひも》や糸。

からついて出た。

岡田《おかだ》は小僧《こぞう》に声をかけた。「小僧さん。ご苦労ついでにその蛇《へび》を捨ててくれないか。」

「ええ。坂下のどぶの深いところへ捨てましょう。どこかに縄《なわ》はないかなあ。」こう言って小僧はあたりを見回した。

「縄はあるからあげますよ。それにちょっと待っていてくださいな。」女主人は女中に何か言いつけている。

その隙《ひま》に岡田は「さようなら。」と言って、あとを見ずに坂を降りた。


ここまで話してしまった岡田は僕《ぼく》の顔を見て、「ねえ、君、美人のためとはいいながら、僕はずいぶん働いただろう。」と言った。

「うん。女のために蛇を殺すというのは、神話めいていておもしろいが、どうもその話はそれぎりではすみそうにないね。」僕は正直に心に思うとおりを言った。

「ばかを言いたまえ、未完のものなら、発表しはしないよ。」岡田がこう言ったのも、矯飾《きょうしょく》して言ったわけではなかったらしい。しかし仮にそれぎりですむものとして、幾《いく》らか残り惜《お》しく思うくらいのことはあったのだろう。
僕は岡田の話を聞いて、単に神話らしいと言ったが、実はいま一つすぐに胸に浮《う》かんだことのあるのを隠《かく》していた。それは金瓶梅《きんぺいばい》を読みさして出た岡田が、金蓮《きんれん》に会ったのではないかと思ったのである。
大学の小使上がりで今金貸しをしている末造《すえぞう》の名は、学生中に知らぬものがない。金を借らぬまでも、名だけは知っている。しかし無縁坂《むえんざか》の女が末造の妾《めかけ》だということは、知らぬ人もあった。岡田はその一人である。僕はそのころまだ女の種性《すじょう》をよくも知らなかったが、それを裁縫《さいほう》の師匠《ししょう》の隣《となり》に囲っておくのが末造だということだけは知っていた。僕の知識には岡田に比べて一《いち》日《じつ》の長《ちょう》があった。

弐拾《にじゅう》

岡田《おかだ》に蛇を殺してもらった日のことである。お玉はこれまで目で会釈《えしゃく》をし

矯飾　うわべだけを見せかけること。

金蓮　『金瓶梅』のヒロイン潘《はん》金蓮。

一日の長　他人より少し優《すぐ》れていること。

たことしかない岡田と親しく話をしたために、自分の心持ちが、我ながら驚《おどろ》くほど急激に変化してきたのを感じた。女には欲《ほ》しいとは思いつつも買おうとまでは思わぬ品物がある。そういう時計だとか指輪だとかが、硝子窓《がらすまど》の裏《うち》に飾《かざ》ってある店を、女はそこを通るたびにのぞいてゆく。わざわざその店の前に行こうとまではしない。何かほかの用事でそこの前を通り過ぎることになると、きっとのぞいて見るのである。欲しいという望みと、それを買うことは所詮企《しょせんくわだ》て及《およ》ばぬというあきらめとが一つになって、ある痛切でない、かすかな、甘《あま》い哀傷《あいしょう》的情緒《じょうちょ》が生じている。女はそれを味わうことを楽しみにしている。それとは違《ちが》って、女が買おうと思う品物はその女に強烈《きょうれつ》な苦痛を感ぜさせる。女は落ち着いていられぬほどその品物に悩《なや》まされる。たとい幾《いく》日《にち》か待てばたやすく手に入《い》ると知っても、それを待つ余裕《よゆう》がない。女は暑さをも寒さをも夜闇《よやみ》をも雨雪《うせつ》をもいとわずに、衝動《しょうどう》的に思い立って、それを買いにゆくことがある。万引きなんということをする女も、別に変わった木で刻まれたものではない。ただこの欲しいものと買いたいものとの境界がぼやけてしまった女たるにすぎない。岡田はお玉のためには、これまでただ欲しいものであったが、今やたちまち変じて買いたいものになったのである。
お玉は小鳥を助けてもらったのを縁《えん》に、どうにかして岡田に近寄りたいと思った。最初に考えたのは、何か品物を梅《うめ》に持たせて礼にやろうかということである。さて品物は何にしようか、藤村《ふじむら》の田舎《いなか》まんじゅうでも買ってやろうか。それではあまり知恵《ちえ》がなさすぎる。世間並みのこと、誰《たれ》でもしそうなことになってしまう。そんならといって、小切れで肘衝《ひじつき》でも縫《ぬ》ってあげたら、岡田さんにはおぼこ娘《むすめ》の恋《こい》のようでおかしいと思われよう。どうもいい思いつきがない。さて品物は何か工夫《くふう》がついたとして、それをつい梅に持たせてやったものだろうか。名刺《めいし》はこないだ仲町《なかちょう》でこしらえさせたのがあるが、それを添《そ》えただけでは、もの足らない。ちょっと一筆《ひとふで》書いてやりたい。さあ困った。学校は尋常科《じんじょうか》がすむと下がってしまって、それからは手習いをする暇《ひま》もなかったので、自分には満足な手紙は書けない。むろんあの御殿奉公《ごてんぼうこう》をしたというお隣《となり》のお師匠《ししょう》さんに頼《たの》めばわけはない。しかしそれはいやだ。手紙には何も人に言われぬようなことを書くつもりではないが、とにかく岡田さんに手紙をやるということを、誰にも知らせたくない。まあ、どうした

肘衝　机の上で臂《ひじ》のあたる部分に敷《し》く小さな布団《ふとん》。

おぼこ娘　世慣れていないうぶな娘。

尋常科　当時の小学校の課程。

ものだろう。

ちょうど同じ道を行ったり来たりするように、お玉はこれだけのことを順に考え逆に考え、お化粧《けしょう》や台所の指し図にいったんまぎれて忘れてはまた思い出していた。そのうち末造《すえぞう》が来た。お玉は酌《しゃく》をしつつも思い出して、「何をそんなに考え込《こ》んでいるのだい。」ととがめられた。「あら、わたくしなんにも考えてなんぞいはしませんわ。」と、意味のない笑顔《えがお》をしてみせて、ひそかに胸をどきつかせた。しかしこのごろはだいぶ修行《しゅぎょう》がつんできたので、何物かを隠《かく》しているということを、鋭《するど》い末造の目にも、容易に見抜《みぬ》かれるようなことはなかった。末造が帰ったあとで見た夢に、お玉はとうとう菓子折《かしおり》を買ってきて、急いで梅に持たせて出した。そのあとで名刺《めいし》も添《そ》えず手紙も付けずにやったのに気がついて、はっと思うと、夢がさめた。

翌日《よくじつ》になった。この日は岡田が散歩に出なかったか、それともこっちで見はずしたか、お玉は恋《こい》しい顔を見ることができなかった。その次の日は岡田がまたいつものように窓の外を通った。窓の方をちょいと見て通り過ぎたが、内が暗いのでお玉と顔を見合わせることはできなかった。そのまた次の日は、いつも岡田の通る時刻になると、お玉が草ぼうきを持ち出して、格別ごみもない格子戸《こうしど》の内を丁寧《ていねい》に掃除《そうじ》して、自分のはいている雪踏《せった》のほか、ただ一足《いっそく》しか出してない駒下駄《こまげた》を、右に置いたり、左に置いたりしていた。「あら、わたくしが掃《は》きますわ。」と言って、台所から出た梅を、「いいよ、おまえは煮《に》物《もの》を見ていておくれ、わたし用がないからしているのだよ。」と言って追い返した。そこへちょうど岡田が通りかかって、帽《ぼう》を脱《ぬ》いで会釈《えしゃく》をした。お玉はほうきを持ったまま顔を真っ赤にして棒立《ぼうだ》ちに立っていたが、何も言うことができずに、岡田を行き過ぎさせてしまった。お玉は手を焼いた火ばしをほうり出すようにほうきを捨てて、雪踏を脱《ぬ》いで急いで上がった。

お玉は箱火鉢《はこひばち》のそばへすわって、火をいじりながら思った。まあ、私はなんというばかだろう。きょうのような涼《すず》しい日には、もう窓を開けてのぞいていてはおかしいと思って、よけいな掃除のまねなんぞをして、せっかく待っていたくせに、いざという場になると、なんにも言うことができなかった。檀那《だんな》の前では間《ま》の悪いようなふうはしていても、言おうとさえ思えば、どんなことでも言われぬことはない。それに岡田さんにはなぜ声がかけられ

雪踏　裏に獣皮を張り、かかとに金具を打った竹皮草履《ぞうり》。

それに　ここでは、それなのに、の意。

なかったのだろう。あんなにお世話になったのだから、お礼を言うのはあたりまえだ。それがきょう言われぬようでは、あのかたにものを言うおりはなくなってしまうかもしれない。梅を使いにして何か持たせてあげようと思っても、それはできず、お目にかかっても、ものを言うことができなくては、どうにもしようがなくなってしまう。いったいわたしはあの時なぜ声が出なかったのだろう。そう、そう。あの時わたしは確かにものを言おうとした。ただ何と言ってよいかわからなかったのだ。「岡田さん。」となれなれしく呼びかけることはできない。そんならといって、顔を見合わせて「もしもし。」とも言いにくい。ほんにこう思ってみると、あの時まごまごしたのも無理はない。こうしてゆっくり考えてみてさえ、なんと言っていいかわからないのだもの。いやいや。こんなことを思うのはやっぱりわたしがばかなのだ。声なんぞをかけるには及《およ》ばない。すぐに外へ駆《か》け出せばよかったのだ。そうしたら岡田さんが足をとめたに違《ちが》いない。足さえとめてもらえば、「あの、こないだはとんだことでお世話さまになりまして。」とでも、なんとでも言うことができたのだ。お玉はこんなことを考えて火をいじっているうちに、鉄瓶《てつびん》のふたが跳《おど》りだしたので、湯気をもらすように蓋《ふた》を切った。

それからはお玉は自分でものを言おうか、使いをやろうかと二様《によう》に工夫《くふう》をこらしはじめた。そのうち夕方はしだいに涼《すず》しくなって、窓の障子《しょうじ》は開けていにくい。庭の掃除《そうじ》はこれまで朝一度に決まっていたのに、こないだのことがあってからは、梅が朝晩に掃除をするので、これも手が出しにくい。お玉は湯に行く時刻を遅《おそ》くして、途中《とちゅう》で岡田に会おうとしたが、坂下の湯屋までの道はあまり近いので、なかなか会うことができなかった。また使いをやるということも、日数《ひかず》がたてばたつほどできにくくなった。

そこでお玉は一時こんなことを思って、無理にあきらめをつけていた。わたしはあれきり岡田さんにお礼を言わないでいる。言わなくてはすまぬお礼が言わずにあってみれば、わたしは岡田さんのしてくれたことを恩にきている。このわたしが恩にきているということは岡田さんにはわかっているはずである。こうなっているのが、かえって下手《へた》にお礼をしてしまったよりいいかもしれぬと思ったのである。

しかしお玉はその恩にきているということを端緒《たんちょ》にして、一刻も早く岡田

蓋を切った
蓋をずらせた。

に近づいてみたい。ただその方法手段が得られぬので、日々《にちにち》人知れず腐心《ふしん》している。

腐心　苦心。

お玉は気の勝《か》った女で、末造に囲われることになってから、短い月日の間に、周囲から陽《よう》におとしめられ、陰《いん》にうらやまれる妾《めかけ》というものの苦しさを味わって、そのおかげで一種の世間をばかにしたような気象を養成してはいるが、根が善人で、まだ人にもまれていぬので、下宿屋に住まっている書生の岡田に近づくのをひどくおっくうに思っていたのである。

気象　性格。気質。

そのうち秋日和《あきびより》に窓を開けていて、また岡田と会釈《えしゃく》を交わす日があっても、せっかく親しくものを言って、手ぬぐいを手渡《てわた》ししたのが、少しも接近の階段を形づくらずにしまって、それほどのことのあった後《のち》が、何事もなかった前と、なんの異なるところもなくなっていた。お玉はそれをひどくじれったく思った。

末造が来ていても、箱火鉢《はこひばち》を中に置いて、向き合って話をしている間に、これが岡田さんだったらと思う。最初はそう思うたびに、自分で自分の横《おう》着《ちゃく》を責めていたが、しだいに平気で岡田のことばかり思いつつも、話の調子を合わせているようになった。それから末造の自由になっていて、目をつぶって岡田のことを思うようになった。おりおりは夢の中で岡田といっしょになる。わずらわしい順序もなくいっしょになる。そして「ああ、うれしい。」と思うとたんに、相手が岡田ではなくて末造になっている。はっと驚《おどろ》いて目をさまして、それから神経が興奮《こうふん》して寝《ね》られぬので、じれて泣くこともある。

いつのまにか十一月になった。小春日和《こはるびより》が続いて、窓を開けておいても目立たぬので、お玉はまた岡田の顔を毎日のように見ることができた。これまで薄《うす》ら寒い雨の日などが続いて、二三日も岡田の顔の見られぬことがあると、お玉はふさいでいた。それでもあくまで素直《すなお》な性《たち》なので、梅に無理を言って迷惑《めいわく》させるようなことはない。ましてや末造に不機嫌《ふきげん》な顔を見せなんぞはしない。ただそんな時は箱火鉢の縁《ふち》にひじをついて、ぼんやりして黙《だま》っているので、梅が「どこかお悪いのですか。」と言ったことがあるだけである。それが岡田の顔がこのごろ続いて見られるので、珍《めずら》しくうきうきしてきて、ある

小春日和　小春（陰暦《いんれき》十月の異称《いしょう》）のころの暖かくうららかな天候。

朝いつもよりも気軽にうちを出て、池《いけ》の端《はた》の父親のところへ遊びに行った。

お玉は父親を一週間に一度ずつぐらいはきっと尋《たず》ねることにしているが、まだ一度も一時間以上腰《こし》を落ち着けていたことはない。それは父親が許さぬからである。父親は行くたびに優《やさ》しくしてくれる。何かうまいものでもあると、それを出して茶を飲ませる。しかしそれだけのことをしてしまうと、すぐに帰れと言う。これは老人の気の短いためばかりではない。奉公《ほうこう》に出したからには、勝手に自分のところに引き留めておいてはすまぬと思うのである。お玉が二度目か三度目に父親のところに来た時、午前のうちは檀那《だんな》の見えることは決してないから、少しはゆっくりしていてもいいと言ったことがある。父親は承知しなかった。「なるほどこれまではおいでがなかったかもしれない。それでもいつ何のご用事があっておいでなさるかもしれぬではないか。檀那に申し上げておひまをいただいた日は別だが、おまえのように買い物に出て寄って、ゆっくりしていてはならない。それではどこをうろついているかと、檀那がお思いなされてもしかたがない。」と言うのであった。

もし父親が末造の職業を聞いて心持ちを悪くしはすまいかと、お玉は始終心配して、尋《たず》ねてゆくたびに様子を見るが、父親は全く知らずにいるらしい。それはそのはずである。父親は池の端に越《こ》してきてから、しばらくたつうちに貸本を読むことを始めて、昼間はいつも眼鏡《めがね》をかけて貸本を読んでいる。それも実録物とか講談物とかいう「書き本」に限っている。このごろ読んでいるのは三河後風土記《みかわごふうどき》である。これはだいぶ冊数が多いから、当分この本だけで楽しめると言っている。貸本屋が「読み本」を見せて勧《すす》めると、それはうその書いてある本だろうと言って、手に取ってみようともしない。夜は目がくたびれると言って本を読まずに、寄せへ行く。寄せで聞くものなら、本当かうそかなどとは言わずに、落語も聞けば義太夫《ぎだゆう》も聴《き》く。主《おも》に講釈《こうしゃく》ばかりかかる広小路《ひろこうじ》の席へは、よほど気に入った人が出なくては行かぬのである。道楽はただそれだけで、人と無駄話《むだばなし》をするということがないから、友達もできない。そこで末造の身の上なぞを聞き出す因縁《いんえん》は生じてこぬのである。

それでも近所には、あの隠居《いんきょ》のうちへ尋ねてくるいい女はなんだろうと穿鑿《せんさく》して、とうとう高利貸しの妾《めかけ》だそうだと突《つ》き留めたものもある。もし両隣《りょうどなり》に口のうるさい人でもいると、じいさんがどんなに心安立《こころやすだ》てをせずにいて

実録物　お家騒動《そうどう》や敵討《かたきう》ちを事実の記録ふうに書いたもの。

書き本　実録物や講談物が流布《るふ》する際の写本のこと。

三河後風土記　平岩親吉《ひらいわちかよし》編（一六一〇成立）。徳川家臣団の事蹟《じせき》を述べる。

読み本　江戸《えど》後期の伝奇的な長編小説。

心安立て　親しさになれて遠慮《えんりょ》がないこと。

も、無理にもいやな噂《うわさ》を聞かせられるのだが、しあわせなことには一方の隣《となり》が博物館の属官で、法帖《ほうじょう》なんぞをいじって手習いばかりしている男、一方の隣がもう珍《めずら》しいものになっている板木師《はんぎし》で、篆刻《てんこく》なんぞには手を出さぬ男だから、どちらもじいさんの心の平和を破るようなおそれはない。まだ並んでいる家の中で、店を開けて商売をしているのは蕎麦屋《そばや》の蓮玉庵《れんぎょくあん》と煎餅屋《せんべいや》と、その先のもう広小路《ひろこうじ》の角に近いところの十三屋《じゅうさんや》という櫛屋《くしや》とのほかにはなかった時代である。

じいさんは格子戸《こうしど》を開けて入る人のけはい、軽げな駒下駄《こまげた》の音だけで、まだ優《やさ》しい声のおとないを聞かぬうちに、もうお玉が来たのだということを知って、読みさしの後風土記《ごふうどき》を下に置いて待っている。かけていためがねをはずして、かわいい娘《むすめ》の顔を見る日は、じいさんのためには祭日である。娘が来れば、きっとめがねをはずす。めがねで見たほうがよく見えるはずだが、どうしてもめがね越《ご》しでは隔《へだ》てがあるようで気がすまぬのである。娘に話したいことはいつもたまっていて、その一部分を忘れて残したのに、いつも娘の帰ったあとで気がつく。しかし「檀那《だんな》はご機嫌《きげん》よくておいでになるかい。」

法帖　書家の筆跡《ひっせき》を石《いし》摺《ず》りにした本。
板木師　木版印刷をするための板木を彫る職人。
篆刻　篆書体で彫《ほ》って、印章を作ること。

と末造《すえぞう》の安否《あんぴ》を問うことだけは忘れない。

お玉はきょう機嫌のいい父親の顔を見て、阿茶《あちゃ》の局《つぼね》の話を聞かせてもらい、広小路にできた大千住《おおせんじゅ》の出店《でみせ》で買ったという、一尺四方もある軽焼《かるやき》のちそうになった。そして父親が「まだ帰らなくてもいいかい。」とたびたび聞くのに、「だいじょうぶよ。」と笑いながら言って、とうとう正午近くまで遊んでいた。そしてこのごろのように末造が不意に来ることのあるのを父親に話したら、あの帰らなくてもいいかという催促《さいそく》がいっそう激しくなるだろうと、心のうちで思った。自分はいつか横着《おうちゃく》になって、末造に留守《るす》の間に来られてはならぬというような心づかいをせぬようになっているのである。

弐拾壱《にじゅういち》

時候がしだいに寒くなって、お玉の家の流しの前に、下駄《げた》で踏《ふ》むところだけ板が土にうめてある、その板の上には朝霜《あさしも》が真っ白に置く。深い井戸《いど》の長いつるべ縄《なわ》が冷たいから、梅《うめ》に気の毒だと言って、お玉は手袋《てぶくろ》を買ってやっ

阿茶の局　(一五五五〜一六三七)徳川家康《いえやす》の側室。
大千住の出店　大千住にある店の支店。大千住は現在の足立区千住。
軽焼　かるやきせんべい。
ちそう　飲食のもてなし。

たが、それをいちいちはめたり脱《ぬ》いだりして、台所の用ができるものではないと思った梅は、もらった手袋《てぶくろ》を大切にしまっておいて、やはり素手《すで》で水を汲《く》む。洗い物をさせるにも、ぞうきんがけをさせるにも、湯をわかして使わせるのに、梅の手がそろそろ荒《あ》れてくる。お玉はそれを気にして、こんなことを言った。「なんでも手をぬらしたあとをそのままにしておくのが悪いのだよ。水から手を出したら、すぐによくふいて乾《かわ》かしておき。用が片づいたら、忘れないでシャボンで手を洗うのだよ。」こう言ってシャボンまで買って渡《わた》した。それでも梅の手がしだいに荒れるのを、お玉は気の毒がっている。そしてあのくらいのことは自分もしたが、梅のように手の荒れたことはなかったのにと、不思議にも思うのである。

朝目をさまして起きずにはいられなかったお玉も、このごろは梅が、「けさは流しに氷が張っています、も少しお休みになっていらっしゃいまし。」なぞと言うと、つい布団《ふとん》にくるまっているようになった。教育家は妄想《もうそう》を起こさせぬために青年に床《とこ》に入《い》ってから寝《ね》つかずにいるな、目がさめてから起きずにいるなと戒《いまし》める。少壮《しょうそう》な身を暖かい衾《ふすま》のうちに置けば、毒草の花を火の

シャボン　せっけん。

衾　体の上にかける寝具《しんぐ》。

中に咲《さ》かせたような写象《しゃしょう》がきざすからである。お玉の想像もこんな時にはずいぶん放恣《ほうし》になってくることがある。そういう時には目に一種の光が生じて、酒に酔《よ》ったようにまぶたから頰《ほお》にかけて紅《くれない》がみなぎるのである。

前晩《ぜんばん》に空が晴れ渡《わた》って、星がきらめいて、暁《あかつき》に霜《しも》の置いたある日のことであった。お玉はだいぶ久しく布団の中で、近ごろ覚えた不精《ぶしょう》をしていて、梅がとっくに雨戸を繰《く》り開けた表の窓から、朝日のさし入るのを見て、やっと起きた。そして細帯一つでねんねこ半纏《はんてん》をはおって、縁側《えんがわ》に出て楊枝《ようじ》を使っていた。すると格子戸《こうしど》をがらりと開ける音がする。「いらっしゃいまし。」と愛想《あいそう》よく言う梅の声がする。そのまま上がって来る足音がする。

「やあ。寝坊《ねぼう》だなあ。」こう言って箱火鉢《はこひばち》の前に座《すわ》ったのは末造《すえぞう》である。

「おや。ごめんなさいましよ。たいそうお早いじゃございませんか。」くわえていた楊枝を急いで出して、つばきをバケツの中に吐《は》いてこう言ったお玉の、少しのぼせたような笑顔《えがお》が、末造の目にはこれまでになく美しく見えた。いったいお玉は無縁坂《むえんざか》に越《こ》してきてから、一日一日と美しくなるばかりである。最初は娘《むすめ》らしいかわいさが気に入っていたのだが、このごろはそれが一

写象　考えやイメージなど。表象。
放恣　勝手気まま。
ねんねこ半纏　子供を背負った上から着る綿入れの半纏。
楊枝　歯ブラシ。

種の人を魅《み》するような態度に変じてきた。末造はこの変化を見て、お玉に情愛がわかってきたのだ、自分がわからせてやったのだと思って、得意になっている。しかしこれは何事をも鋭《するど》く看破する末造の目が、笑止にも愛する女の精神状態をあやまり認めているのである。お玉は最初主人大事に奉公《ほうこう》をする女であったのが、急激な身の上の変化のために、煩悶《はんもん》してみたり省察《せいさつ》してみたりしたあげく、横着《おうちゃく》といってもいいような自覚に到達《とうたつ》して、世間の女が多くの男に触《ふ》れた後にわずかにかち得る冷静な心と同じような心になった。この心に翻弄《ほんろう》せられるのを、末造は愉快《ゆかい》な刺激《しげき》として感ずるのである。それにお玉は横着になるとともに、しだいに少しずつじだらくになる。末造はこのじだらくに情欲をあおられて、いっそうお玉に引きつけられるように感ずる。この一切の変化が末造にはわからない。魅せられるような感じはそこから生まれるのである。

お玉はしゃがんで金だらいを引き寄せながら言った。「あなたちょっとあちらへ向いていてくださいましな。」

「なぜ。」と言いつつ、末造は金天狗《きんてんぐ》に火をつけた。

笑止にも
気の毒なことに。
笑うべきことに。

じだらく
ふしだらなこと。
また、だらしないさま。

「だって顔を洗わなくちゃ。」
「いいじゃないか。さっさと洗え。」
「だって見ていらっしゃっちゃ、洗えませんわ。」
「むずかしいなあ。これでいいか。」末造は煙《けぶり》を吹《ふ》きつつ縁側《えんがわ》に背中を向けた。そして心中になんというあどけない奴《やつ》だろうと思った。

お玉は肌《はだ》も脱《ぬ》がずに、ただ襟《えり》だけくつろげて、忙《いそが》しげに顔を洗う。いつもよりよほど手を抜《ぬ》いてはいるが、化粧《けしょう》の秘密をかりて、きずをおおい美をよそおうという弱点もないので、別に見られていて困ることはない。

末造は最初背中を向けていたが、しばらくするとお玉の方へ向き直った。顔を洗う間末造に背中を向けていたお玉はこれを知らずにいたが、洗ってしまって鏡台を引き寄せると、それに末造の紙巻をくわえた顔がうつった。

「あら、ひどいかたね。」とお玉は言ったが、そのまま髪《かみ》をなでつけている。くつろげた襟の下にうなじから背へかけて三角形に見える白い肌、手を高く挙げているので、ひじの上二三寸のところまで見えるふっくりしたひじが、末造のためにはいつまでもあきない見ものである。そこで自分が黙《だま》って待っ

きずをおおい美をよそおう　欠点を隠《かく》して美しく見せかける。

ていたら、お玉が無理に急ぐかもしれぬと思って、わざと気楽げにゆっくりした調子で話しだした。

「おい急ぐには及《およ》ばないよ。何も用があってこんなに早く出かけてきたのではないのだ。実はこないだおまえに聞かれて、今晩あたり来るように言っておいたが、ちょいと千葉《ちば》へ行かなくてはならないことになったのだ。話がうまく運べば、あすのうちに帰ってこられるのだが、どうかするとあさってになるかもしれない。」

櫛《くし》をふいていたお玉は「あら。」と言って振《ふ》り返った。顔に不安らしい表情が見えた。

「おとなしくして待っているのだよ。」と、笑《じょう》談《だん》らしく言って、末造は巻《まき》煙草《たばこ》入れをしまった。そしてついと立って戸口へ出た。

「まあお茶もあげないうちに。」と言いさして、投げるように櫛を櫛箱に入れたお玉が、見送りに起《た》って出た時には、末造はもう格子戸《こうしど》を開けていた。


朝飯《あさめし》の膳《ぜん》を台所から運んできた梅が、膳を下に置いて、「どうもすみませ

ん。」と言って手をついた。

箱火鉢《はこひばち》のそばに座《すわ》って、火の上にかぶさった灰を火ばしでかき落としていたお玉は、「おや、何をあやまるのだい。」と言って、にっこりした。

「でもついお茶をあげるのが遅《おそ》くなりまして。」

「ああ。そのことかい。あれはわたしがごあいさつに言ったのだよ。檀那《だんな》はなんとも思ってはおいでなさらないよ。」こう言って、お玉ははしを取った。けさご膳を食べている主人の顔を梅が見ると、めったに機嫌《きげん》を悪くせぬ性分ではあるが、特別にうれしそうに見える。さっき「何をあやまるのだい。」と言って笑った時から、ほんのりと赤くにおった頰《ほほ》のあたりをまだほほえみの影《かげ》が去らずにいる。なぜだろうかという問題が梅の頭にも生ぜずにはすまなかったが、あくまで単純な梅の頭にはそれが根を下ろしもしない。ただいい気持ちが伝染して、自分もいい気持ちになっただけである。

お玉はじっと梅の顔を見て、機嫌のいい顔をいっそう機嫌をよくして言った。「あの、おまえおうちへ行きたかなくって。」

梅は怪訝《かいが》の目を見はった。まだ明治十何年というころには江戸《えど》の町家《ちょうか》の習

怪訝　あやしみいぶかること。けげん。

慣律が惰力《だりょく》を持っていたので、市中から市中へ奉公《ほうこう》に上がっていても、藪入《やぶい》りの日のほかには容易にうちへは帰られぬことに決まっていた。

「あの今晩は檀那《だんな》様がいらっしゃらないだろうと思うから、おまえうちへ行って泊《と》まってきたけりゃあ泊まってきてもいいよ。」お玉は重ねてこう言った。

「あの本当でございますの。」梅は疑って問い返したのではない。過分の恩《おん》恵《けい》だと感じて、このことばを発したのである。

「うそなんぞ言うものかね。わたしはそんな罪なことをして、おまえをからかったり何かしやしないわ。ご飯のあとは片づけなくってもいいから、すぐに行ってもいいよ。そしてきょうはゆっくり遊んで、晩には泊まっておいで。その代わりあしたは早く帰るのだよ。」

「はい。」と言ってお梅はうれしさに顔を真っ赤にしている。そして父が車夫をしているので、車の二三台並べてある入り口の土間や、たんすと箱火鉢《はこひばち》との間に、やっと座布団《ざぶとん》が一枚しかれるようになっていて、そこに仕事に出ない間は父親が座《すわ》っており、留守《るす》には母親の座っているところや、鬢《びん》の毛が

藪入り　正月と盆（七月）の十六日ごろに奉公人が休暇《きゅうか》で家に帰ること。

いつも片頬《かたほほ》に垂れかかっていて、肩《かた》からたすきをはずしたことのめったにない母親の姿などが、非常な速度をもって入り替《か》わりつつ、小さい頭の中に影《かげ》絵《え》のように浮《う》かんでくるのである。

　食事がすんだので、お梅は膳《ぜん》を下げた。片づけなくてもいいとは言われても、洗う物だけは洗っておかなくてはと思って、小桶《こおけ》に湯を取って茶わんや皿をちゃらちゃらいわせていると、そこへお玉は紙に包んだものを持って出てきた。「あら、やっぱり片づけているのね。それんばかりのものを洗うのはわけはないから、わたしがするよ。おまえ髪《かみ》はゆうべ結《い》ったのだからそれでいいわね。早く着物をお着替《か》えよ。そしてなんにもお土産《みやげ》がないから、これを持っておいで。」こう言って紙包みをわたした。中には例の骨牌《かるた》のようなかっこうをした半円の青い札がはいっていたのである。

　梅をせき立てて出しておいて、お玉はかいがいしくたすきをかけ褄《つま》をはしょって台所に出た。そしてさもおもしろいことをするように、梅が洗いかけておいた茶わんや皿を洗い始めた。こんな仕事は昔取ったきねづかで、梅

昔取ったきねづか　かつて鍛《きた》えて衰《おとろ》えずに残っている腕前《うでまえ》。

なんぞが企《くわだ》て及《およ》ばぬほど迅速《じんそく》に、しかも周密にできるはずのお玉が、きょうは子供がおもちゃを持って遊ぶより手ぬるい洗いようをしている。取り上げた皿一枚が五分間も手を離《はな》れない。そしてお玉の顔は活気のある淡紅色《たんこうしょく》に輝《かがや》いて、目は空《くう》を見ている。

そしてその頭の中には、きわめて楽観的な写象《しゃしょう》が往来している。いったい女は何事によらず決心するまでには気の毒なほど迷って、とつおいつするくせに、既《すで》に決心したとなると、男のように左顧右眄《さこゆうべん》しないで、œillères《オヨイエエル》を装《よそわ》われた馬のように、向こうばかり見て猛進《もうしん》するものである。思慮《しりょ》のある男には疑懼《ぎく》をいだかしむるほどの障礙物《しょうがいぶつ》が前途《ぜんと》に横たわっていても、女はそれをもののくずともしない。それでどうかすると男のあえてせぬことをあえてして、おもいのほかに成功することもある。お玉は岡田《おかだ》に接近しようとするのに、もし第三者がいて観察したら、もどかしさに堪《た》えまいと思われるほど、逡《しゅん》巡《じゅん》していたが、けさ末造《すえぞう》が千葉《ちば》へ立つと言っていとまごいに来てから、追い手を帆《ほ》にはらませた舟《ふね》のように、志す岸に向かって走る気になった。それで梅をせき立てて、親もとに返してやったのである。邪魔《じゃま》になる末造は千葉へ

とつおいつ　あれこれと迷い決心のつかないこと。

左顧右眄　周囲を気にして決断できないでいること。さこうべん、とも読む。

œillères　（フランス語）馬車馬につける目隠《かく》し。

もののくずともしない　気にかけない。

追い手を帆にはらませた　ことわざ「追風《おいて》に帆を上げる」

行って泊《と》まる。女中の梅も親の家に帰って泊まる。これからあすの朝までは、誰《たれ》にも掣肘《せいちゅう》せられることのない身の上だと感ずるのが、お玉のためにはまず愉快《ゆかい》でたまらない。そしてこうとんとん拍子《びょうし》に事が運んでゆくのが、終局の目的の容易に達せられる前兆《ぜんちょう》でなくてはならぬように思われる。きょうにかぎって岡田さんがうちの前をお通りなさらぬことは決してない。往反《ゆきかえり》に二度お通りなさる日もあるのだから、どうかして一度会われずにしまうにしても、二度とも見のがすようなことはない。きょうはどんな犠牲《ぎせい》を払《はら》ってもものを言いかけずにはおかない。思いきってものを言いかけるからは、あのかたの足が留められぬはずがない。わたしは卑《いや》しい妾《めかけ》に身を堕《お》としている。しかも高利貸しの妾になっている。だけれど生娘《きむすめ》でいた時より美しくはなっても、醜《みにく》くはなっていない。そのうえどうしたのが男に気に入るということは、ふしあわせな目にあったもっけの幸いに、しだいにわかってきているのである。してみれば、まさか岡田さんに一も二もなくいやな女だと思われることはあるまい。いや。そんなことは確かにない。もしいやな女だと思っておいでなら、顔を見合わせるたびに礼をしてくださるはずがない。いつか蛇《へび》を殺して

をふまえる。

もっけの幸い　思いがけない幸運。

くだすったのだってそうだ。あれがどこのうちのできごとでも、きっと手を貸してくだすったのだというわけではあるまい。もしわたしのうちでなかったら、知らぬ顔をして通り過ぎておしまいなすったかもしれない。それにこっちでこれだけ思っているのだから、皆《みな》までとはゆかぬにしても、この心がいくらか向こうに通《とお》っていないことはないはずだ。なに。案じるよりは生むがやすいかもしれない。こんなことを思い続けているうちに、小桶《こおけ》の湯がすっかり冷えてしまったのを、お玉はつめたいとも思わずにいた。

膳《ぜん》を膳棚《だな》にしまって箱火鉢《はこひばち》のところに帰って座《すわ》ったお玉は、なんだか気がそわそわしてじっとしてはいられぬという様子をしていた。そしてけさ梅がきれいにふるった灰を、火ばしで二三度かきまわしたかと思うと、つと立って着物を着換《か》えはじめた。同朋町《どうぼうちょう》の女髪結《おんなかみゆい》のところへ行くのである。これはふだん来る髪結が人のいい女で、よそ行きの時に結いに行けと言って、紹《しょう》介《かい》しておいてくれたのに、これまでまだ一度も行かなかったうちなのである。

弐拾弐《にじゅうに》

案じるよりは生むがやすい　実際にやってみれば心配したほどのことはないということわざ。

同朋町　上野《うえの》広小路《ひろこうじ》付近の町。

西洋の子供の読む本に、釘《くぎ》一本という話がある。僕《ぼく》はよくは記憶《きおく》していぬが、なんでも車の輪の釘が一本抜《ぬ》けていたために、それに乗って出た百姓《ひゃくしょう》の息子《むすこ》が種々《しゅじゅ》の難儀《なんぎ》に出会うという筋であった。僕のしかけたこの話では、青魚《さば》のみそ煮《に》がちょうど釘一本と同じ効果をなすのである。

僕は下宿屋や学校の寄宿舎の「まかない」に飢《う》えをしのいでいるうちに、身の毛のよだつほどいやな菜《さい》ができた。どんな風通しのいい座敷《ざしき》で、どんな清潔《せいけつ》な膳の上に載《の》せて出されようとも、僕の目がひとたびその菜を見ると、僕の鼻は名状すべからざる寄宿舎の食堂の臭気《しゅうき》をかぐ。煮魚《にざかな》にひじきや相良《さがら》麩《ぶ》が付けてあると、もうそろそろこの嗅覚《きゅうかく》の hallucination《アリュシナション》 が起こりかかる。そしてそれが青魚のみそ煮に至って窮極《きゅうきょく》の程度に達する。

しかるにその青魚のみそ煮がある日上条《かみじょう》の晩飯の膳に上った。いつも膳が出るとすぐにはしを取る僕が躊躇《ちゅうちょ》しているので、女中が僕の顔を見て言った。

「あなた青魚お嫌《きら》い。」

「さあ青魚は嫌いじゃない。焼いたのならずいぶん食うが、みそ煮は閉口だ。」

釘一本という話　『グリム童話集』にある。

まかない　食事を作って提供すること。

相良麩　細いすだれ目を出したすだれ麩の厚手のもの。

hallucination　（フランス語）幻覚。

「まあ。おかみさんが存じませんもんですから。なんなら玉子でも持ってまいりましょうか。」こう言って立ちそうにした。

「待て。」と僕《ぼく》は言った。「実はまだ腹もすいていないから、散歩をしてこよう。おかみさんにはなんとでも言っておいてくれ。菜が気に入らなかったなんて言うなよ。よけいな心配をさせなくてもいいから。」

「それでもなんだかお気の毒さまで。」

「ばかを言え。」

僕が立って袴《はかま》をはきかけたので、女中は膳《ぜん》を持って廊下《ろうか》へ出た。僕は隣《となり》の部屋へ声をかけた。

「おい。岡田《おかだ》君いるか。」

「いる。何か用かい。」岡田ははっきりした声で答えた。

「用ではないがね、散歩に出て、帰りに豊国屋《とよくにや》へでも行こうかと思うのだ。いっしょに来ないか。」

「行こう。ちょうど君に話したいこともあるのだ。」

僕は釘《くぎ》にかけてあった帽《ぼう》を取って被《かぶ》って、岡田といっしょに上条《かみじょう》を出た。

豊国屋　本郷《ほんごう》にあった牛《ぎゅう》鍋《なべ》店。

午後四時過ぎであったかと思う。どこへ行こうという相談もせずに上条の格《こう》子戸《しど》を出たのだが、二人は門口《かどぐち》から右へ曲がった。

無縁坂《むえんざか》を降りかかる時、僕は「おい、いるぜ。」と言って、ひじで岡田を突《つ》いた。

「何が。」と口には言ったが、岡田は僕のことばの意味を解していたので、左側の格子戸のある家を見た。

家の前にはお玉が立っていた。お玉はやつれていても美しい女であった。しかし若い健康な美人の常として、つくり映《ば》えもした。僕の目には、いつも見た時と、どこがどう変わっているか、わからなかったが、とにかくいつもとまるで違《ちが》った美しさであった。女の顔が照りかがやいているようなので、僕は一種のまぶしさを感じた。

お玉の目はうっとりとしたように、岡田の顔に注がれていた。岡田はあわてたように帽を取って礼をして、無意識に足の運びを早めた。

僕は第三者にありがちな無遠慮《ぶえんりょ》をもって、たびたび後ろを振《ふ》り向いて見たが、お玉の注視はすこぶる長く継続《けいぞく》せられていた。

岡田はうつむきかげんになって、早めた足の運びをゆるめずに坂を降りる。僕《ぼく》も黙《だま》ってついて降りる。僕の胸のうちでは種々《しゅじゅ》の感情が戦っていた。この感情には自分を岡田の地位に置きたいということが根調《こんちょう》をなしている。しかし僕の意識はそれを認識《にんしき》することを嫌《きら》っている。僕は心の内で、「なに、おれがそんな卑劣《ひれつ》な男なものか。」と叫《さけ》んで、それを打ち消そうとしている。そしてこの抑制《よくせい》が功を奏《そう》せぬのを、僕は憤《いきどお》っている。自分を岡田の地位に置きたいというのは、彼《か》の女《おんな》の誘惑《ゆうわく》に身を任せたいと思うのではない。ただ岡田のように、あんな美しい女に慕《した》われたら、さぞ愉快《ゆかい》だろうと思うにすぎない。そんなら慕われてどうするか、僕はそこに意志の自由を保留しておきたい。僕は岡田のように逃《に》げはしない。僕は会って話をする。自分の清潔《せいけつ》な身は汚《けが》さぬが、会って話だけはする。そして彼の女を妹のごとくに愛する。彼の女の力になってやる。彼の女を淤泥《おでい》のうちから救抜《きゅうばつ》する。僕の想像はこんなとりとめのないところに帰着してしまった。

坂下の四辻《よつつじ》まで岡田と僕とは黙って歩いた。まっすぐに巡査派出所《じゅんさはしゅつじょ》の前を通り過ぎる時、僕はようようものを言うことができた。「おい、凄い状況《すごいじょうきょう》

淤泥
泥《どろ》。ぬかるみ。

になっているじゃないか。」

「ええ、何が。」

「何がも何もないじゃないか。君だってさっきからあの女のことを思って歩いていたに違《ちが》いない。僕はたびたび振《ふ》り返って見たが、あの女はいつまでも君の後ろ影《かげ》を見ていた。おおかたまだこっちの方角を見て立っているだろう。あの左伝《さでん》の、目迎《めむか》えて而《しこう》してこれを送るという文句だねえ。あれをあべこべに女のほうでやっているのだ。」

「その話はもうよしてくれたまえ。君にだけは顚末《てんまつ》を打ち明けて話してあるのだから、このうえ僕をいじめなくてもいいじゃないか。」

こう言っているうちに、池の縁《ふち》に出たので、二人ともちょいと足をとめた。

「あっちを回ろうか。」と、岡田が池の北の方を指ざした。

「うん。」と言って、僕は左へ池に沿うて曲がった。そして十歩ばかりも歩いた時、僕は左手に並んでいる二階造りの家を見て、「ここが桜痴《おうち》先生と末造《すえぞう》君との第宅《ていたく》だ。」と独り言のように言った。

「妙《みょう》な対照のようだが、桜痴居士《こじ》もあまり廉潔《れんけつ》じゃないというじゃないか。」

左伝　『春秋左氏伝』。中国の歴史書。

と、岡田が言った。

僕《ぼく》は別に思慮《しりょ》もなく、弁駁《べんばく》らしいことを言った。「そりゃあ政治家になると、どんなにしていたって、難癖《なんくせ》をつけられるさ。」おそらくは福地《ふくち》さんと末造との距離《きょり》を、なるたけ大きく考えたかったのであろう。

福地の邸《やしき》の板塀《いたべい》のはずれから、北へ二三軒目《げんめ》の小家《こいえ》に、ついこのごろ「川魚《かわうお》」という看板を掛《か》けたのがある。僕はそれを見て言った。「この看板を見ると、なんだか不忍《しのばず》の池《いけ》の魚を食わせそうに見えるなあ。」

「僕もそう思った。しかしまさか梁山泊《りょうざんぱく》の豪傑《ごうけつ》が店を出したというわけでもあるまい。」

こんな話をして、池の北の方へ行く小橋を渡《わた》った。すると、岸の上に立って何か見ている学生らしい青年がいた。それが二人の近づくのを見て、「やあ。」と声をかけた。柔術《じゅうじゅつ》にこっていて、学科のほかの本はいっさい読まぬという性《たち》だから、岡田も僕も親しくはせぬが、そうかといって嫌《きら》ってもいぬ石原《いしはら》という男である。

「こんな所に立って何を見ていたのだ。」と、僕が問うた。

梁山泊　中国の小説『水《すい》滸伝《こでん》』で豪傑百八人が集まった地。

石原は黙《だま》って池の方を指ざした。岡田も僕も、灰色に濁《にご》った夕べの空気を透《す》かして、指ざす方角を見た。そのころは根津《ねづ》に通ずる小溝《こみぞ》から、今三人の立っている汀《みぎわ》まで、一面に葦《あし》が茂《しげ》っていた。その葦の枯《か》れ葉《は》が池の中心に向かってしだいにまばらになって、ただ枯れ蓮《はす》のぼろのような葉、海綿のような房《ぼう》が碁布《きふ》せられ、葉や房の茎《くき》は、種々《しゅじゅ》の高さに折れて、それが鋭角《えいかく》にそびえて、景物《けいぶつ》に荒涼《こうりょう》な趣《おもむき》を添《そ》えている。この bitume《ビチュウム》色の茎の間を縫《ぬ》って、黒ずんだ上に鈍《にぶ》い反射を見せている水の面《おもて》を、十羽ばかりの雁《がん》がゆるやかに往来している。中には停止して動かぬのもある。

「あれまで石が届くか。」と、石原が岡田の顔を見て言った。

「届くことは届くが、あたるかあたらぬかが疑問だ。」と、岡田は答えた。

「やってみたまえ。」

岡田は躊躇《ちゅうちょ》した。「あれはもう寝《ね》るのだろう。石を投げつけるのはかわいそうだ。」

石原は笑った。「そうものの哀《あわ》れを知りすぎては困るなあ。君が投げんと言うなら、僕が投げる。」

碁布　碁石を置いたように並んでいること。

bitume　（フランス語）天然アスファルト。粘性《ねんせい》があり色は黒または濃褐《のうかつ》色《しょく》。

雁　秋に北方から飛来し、春に北に去る渡り鳥。

岡田は不精《ぶしょう》らしく石を拾った。「そんなら僕《ぼく》が逃《に》がしてやる。」つぶてはひゅうというかすかな響《ひび》きをさせて飛んだ。僕がその行方《ゆくえ》をじっと見ていると、一羽の雁《がん》がもたげていた首をぐたりと垂れた。それと同時に二三羽の雁が鳴きつつ羽たたきをして、水面を滑《すべ》って散った。しかし飛び起《た》ちはしなかった。首を垂れた雁は動かずにもとの所にいる。

「中《あた》った。」と、石原が言った。そしてしばらく池の面《おもて》を見ていて、ことばを継《つ》いだ。「あの雁は僕が取ってくるから、その時は君たちも少し手伝ってくれたまえ。」

「どうして取る。」と、岡田が問うた。僕も覚えず耳をそばだてた。

「まず今は時が悪い。もう三十分たつと暗くなる。暗くさえなれば、僕がわけなく取ってみせる。君たちは手を出してくれなくてもいいが、その時居合わせて、僕の頼《たの》むことをきいてくれたまえ。雁はご馳走《ちそう》するから。」と、石原が言った。

「おもしろいな。」と、岡田が言った。「しかし三十分たつまでどうしているのかい。」

「僕はこの辺をぶらついている。君たちはどこへでも行ってきたまえ。三人ここにいると目立つから。」

僕は岡田に言った。「そんなら二人で池を一周してこようか。」

「よかろう。」と言って岡田はすぐに歩きだした。

弐拾参《にじゅうさん》

僕は岡田《おかだ》といっしょに花園町《はなぞのちょう》の端《はな》を横切って、東照宮《とうしょうぐう》の石段の方へ行った。二人の間にはしばらくことばが絶えている。「ふしあわせな雁もあるものだ。」と、岡田が独り言のように言う。僕の写象《しゃしょう》には、何の論理的連繋《れんけい》もなく、無縁坂《むえんざか》の女が浮《う》かぶ。「僕はただ雁のいる所をねらって投げたのだがなあ。」と、今度は僕に対して岡田が言う。「うん。」と言いつつも、僕はやはり女のことを思っている。「でも石原《いしはら》のあれを取りに行くのが見たいよ。」と、僕がしばらくたってから言う。こんどは岡田が「うん。」と言って、何やら考えつつ歩いている。たぶん雁が気になっているのであろう。

東照宮　上野《うえの》東照宮。徳《とく》川家康《がわいえやす》を祀《まつ》る。

石段の下を南へ、弁天の方へ向いて歩く二人の心には、とにかく雁《がん》の死が暗い影《かげ》を印《いん》していて、話がきれぎれになりがちであった。弁天の鳥居の前を通る時、岡田は強《し》いて思想を他の方角に転ぜようとするらしく、「僕《ぼく》は君に話すことがあるのだった。」と言い出した。そして僕は全く思いもかけぬことを聞かせられた。

その話はこうである。岡田は今夜おれの部屋へ来て話そうと思っていたが、ちょうどおれにさそわれたので、いっしょに外へ出た。出てからは、食事をする時話そうと思っていたが、それもどうやらだめになりそうである。そこで歩きながらかいつまんで話すことにする。岡田は卒業の期を待たずに洋行することに決まって、もう外務省から旅行券を受け取り、大学へ退学届を出してしまった。それは東洋の風土病を研究しに来たドイツの Professor W.《プロフェッソル ウエエ》が、往復旅費四千マルクと、月給二百マルクを給して岡田をやとったからである。ドイツ語を話す学生のうちで、漢文を楽に読むものという注文を受けて、Baelz《ベルツ》 教授が岡田を紹介《しょうかい》した。岡田は築地《つきじ》に W《ウエエ》さんを尋《たず》ねて、試験を受けた。素問《そもん》と難経《なんきょう》とを二三行ずつ、傷寒論《しょうかんろん》と病源候論《びょうげんこうろん》とを五六行ずつ訳させられ

Professor W.　W教授。

Baelz　(一八四九〜一九一三)東京大学で教えたドイツの医学者。

築地　東京都中央区にある地名。外人居留地があった。

素問と難経　ともに中国古代の医学書。

傷寒論と病源候論　ともに中国の医学書。

たのである。難経はあいにく「三焦《さんしょう》」の一節が出て、何と訳していいかとまごついたが、これはchiao《チャオ》と音訳してすませた。とにかく試験に合格して、即座《そくざ》に契約《けいやく》ができた。WさんはBaelzさんの現に籍《せき》を置いているライプチヒ大学の教授だから、岡田をライプチヒへ連れていって、ドクトルの試験はWさんの手で引き受けてさせる。卒業論文にはWさんのために訳した東洋の文《ぶん》献《けん》を使用してもいいということである。岡田はあす上条《かみじょう》を出て、築地《つきじ》のWさんのところへ越《こ》していって、Wさんが支那《しな》と日本とで買い集めた書物の荷造りをする。それからWさんに付いて九州を視察して、九州からすぐにMessagerie《メッサジュリィ》 Maritime《マリチィム》 会社の舟《ふね》に乗るのである。

僕はおりおり立ち留《と》まって、「驚《おどろ》いたね。」とか、「君は果断だよ。」とか言って、ずいぶんゆるゆる歩きつつこの話を聞いたつもりであった。しかし聞いてしまって時計を見れば、石原《いしはら》に別れてからまだ十分しかたたない。それにもう池の周囲のほとんど三分の二を通り過ぎて、仲町裏《なかちょううら》の池《いけ》の端《はた》をはずれかかっている。

「このまま行っては早すぎるね。」と、僕は言った。

三焦　漢方医学にいう六腑《ろっぷ》の一つ。消化排泄《はいせつ》をつかさどる器官。

chiao　「焦」の中国語音。

Messagerie Maritime会社　フランスの海運会社。

「蓮玉《れんぎょく》へ寄って蕎麦《そば》を一杯《ぱい》食っていこうか。」と、岡田が提議した。

僕《ぼく》はすぐに同意して、いっしょに蓮玉庵《あん》へ引き返した。そのころ下谷《したや》から本郷《ほんごう》へかけていちばん名高かった蕎麦屋である。

蕎麦を食いつつ岡田は言った。「せっかく今までやってきて、卒業しないのは残念だが、しょせん官費留学生になれない僕がこの機会を失すると、ヨオロッパが見られないからね。」

「そうだとも。機逸《いっ》すべからずだ。卒業がなんだ。向こうでドクトルになれば同じことだし、またそのドクトルをしなくたって、それも憂《うれ》うるに足りないじゃないか。」

「僕もそう思う。ただ資格をこしらえるというだけだ。俗《ぞく》に随《したが》っていささかまた爾《しか》りだ。」

「支度《したく》はどうだい。ずいぶんあわただしい旅立ちになりそうだが。」

「なに。僕はこのままで行く。W《ウエ》さんの言うには、日本で洋服をこしらえて行ったって、向こうでは着られないそうだ。」

「そうかなあ。いつか花月新誌《かげつしんし》で読んだが、成島柳北《なるしまりゅうほく》も横浜《よこはま》でふいと思い

俗に随っていささかまた爾り　世間的なやり方に従って今はこうしておく。

成島柳北　（一八三七～八四）幕府外国奉行《ぶぎょう》、維新《いしん》後はジャーナリスト。

立って、即座《そくざ》に決心して舟《ふね》に乗ったということだった。」

「うん。僕《ぼく》も読んだ。柳北はうちへ手紙も出さずに立ったそうだが、僕はうちのほうへは詳《くわ》しく言ってやった。」

「そうか。うらやましいな。Wさんに付いて行くのだから、途中《とちゅう》でまごつくことはあるまいが、旅行はどんなあんばいだろう。僕には想像もできない。」

「僕もどんなものだかわからないが、きのう柴田承桂《しばたしょうけい》さんに会って、これまで世話になった人だから、今度の一件を話したら、先生の書いた洋行案内をくれたよ。」

「はあ。そんな本があるかねえ。」

「うん。非売品だ。椋鳥連中《むくどり》に配るのだそうだ。」

こんな話をしているうちに、時計を見れば、もう三十分までに五分しかなかった。僕は岡田と急いで、蓮玉庵を出て、石原の待っている所へ行った。もう池は闇《やみ》に閉ざされて、弁天の朱塗《しゅぬ》りの祠《ほこら》が模糊《もこ》として靄《もや》のうちに見えるころであった。

待ち受けていた石原は、岡田と僕とを引っ張って、池の縁《ふち》に出て言った。

柴田承桂
（一八四九〜一九一〇）有機化学者・薬学者。

椋鳥連中
江戸《えど》に出て来た田舎者《いなかもの》。ここでは洋行してまごつく日本人。

模糊として
ぼんやりとして。

「時刻はちょうどいい。達者な雁《がん》は皆《みな》ねぐらを変えてしまった。僕《ぼく》はすぐに仕事にかかる。それには君たちがここにいて、号令をかけてくれなくてはならないのだ。見たまえ。そこの三間《げん》ばかり前の所に蓮《はす》の茎《くき》の右へ折れたのがある。その延線に少し低い茎の左へ折れたのがある。僕はあの延線を前へ前へと行かなくてはならないのだ。そこで僕がそれをはずれそうになったら、君たちがここから右とか左とか言って修正してくれるのだ。」

「なるほど。Parallaxe《パララックセ》のような理屈《りくつ》だな。しかし深くはないだろうか。」と岡田が言った。

「なに。背の立たない気づかいはない。」こう言って、石原はすばやく裸《はだか》になった。

石原の踏《ふ》み込《こ》んだところを見ると、泥《どろ》はひざの上までしかない。鷺《さぎ》のように足をあげては踏み込んで、ごぼりごぼりとやってゆく。少し深くなるかと思うと、また浅くなる。みるみる二本の蓮の茎より前に出た。しばらくすると、岡田が「右。」と言った。石原は右へ寄って歩く。岡田がまた「左。」と言った。石原があまり右へ寄りすぎたのである。たちまち石原は足をとめて

三間　一間《けん》は六尺（約一・八二メートル）。

Parallaxe　（フランス語）視差。視点の違《ちが》いで、視覚の像や方向が違うこと。

身をかがめた。そしてすぐにあとへ引き返してきた。遠いほうの蓮の茎のあたりを過ぎたころには、もう右の手に下げている獲《え》ものが見えた。

石原はふとももを半分泥《どろ》に汚《よご》しただけで、岸に着いた。獲ものは思いがけぬ大きさの雁であった。石原はざっと足を洗って、着物を着た。この辺はそのころまだ人の行き来が少なくて、石原が池に入ってからまた上がってくるまで、一人も通りかかったものがなかった。

「どうして持っていこう。」と僕が言うと、石原が袴《はかま》をはきつつ言った。

「岡田君の外套《がいとう》がいちばん大きいから、あの下に入れて持ってもらうのだ。料理は僕のところでさせる。」

石原は素人家《しろうとや》の一間《ひとま》を借りていた。主人のばあさんは、あまり人のよくないのが取り柄《え》で、獲ものを分けてやれば、口をつぐませることもできそうである。その家は湯島切通《ゆしまきりどお》しから、岩崎邸《いわさきてい》の裏手へ出る横町で、曲がりくねった奥《おく》にある。石原はそこへ雁を持ち込《こ》む道筋を手短に説明した。まずここから石原のところへ行くには、由《よ》るべき道が二条《ふたすじ》ある。すなわち南から切通しを経る道と、北から無縁坂《むえんざか》を経る道とで、この二条は岩崎邸の内《うち》に中心を有した圏《けん》をえがいている。遠近の差は少ない。またこの場合に問うところでもない。障礙物《しょうがいぶつ》は巡査派出所《じゅんさはしゅつじょ》だが、これはどちらにも一箇所《かしょ》ずつある。そこで利害を比較《ひかく》すれば、ただにぎやかな切通しを避《さ》けて、寂《さび》しい無縁坂《むえんざか》を取るということに帰着する。雁《がん》は岡田に、外套《がいとう》の下に入れて持たせ、あとの二人が左右に並んで、岡田の体を隠蔽《いんぺい》してゆくが最良の策《さく》だというのである。

岡田は苦笑しつつも雁を持った。どんなにして持ってみても、外套のすそから下へ、羽が二三寸出る。そのうえ外套のすそが不格好《ぶかっこう》に広がって、岡田の姿は円錐形《えんすいけい》に見える。石原と僕《ぼく》とは、それを目立たせぬようにしなくてはならぬのである。

弐拾肆《にじゅうし》

「さあ、こういうふうにして歩くのだ。」と言って、石原《いしはら》と僕と二人で、岡田《おかだ》を中に挟《はさ》んで歩きだした。三人で初めから気にかけているのは、無縁坂下の四辻《よつつじ》にある交番である。そこを通り抜《ぬ》ける時の心得だと言って、石原が盛《さか》んな講釈《こうしゃく》をしだした。なんでも、僕の聴《き》き取ったところでは、心が動いてはならぬ、動けば隙《すき》を生ずる、隙を生ずれば乗ぜられるというようなことであった。石原は虎《とら》が酔人《すいじん》をくわぬというたとえを引いた。多分この講釈は柔術《じゅうじゅつ》の先生に聞いたことをそのまま繰《く》り返したものかと思われた。

「してみると、巡査が虎で、我々三人が酔人だね。」と、岡田が冷やかした。

「Silentium!《シレンチウム》」と石原が叫《さけ》んだ。もう無縁坂の方角へ曲がる角に近くなったからである。

角を曲がれば、茅町《かやちょう》の町家《まちや》と池に沿うた屋敷《やしき》とが背中合わせになった横町で、そのころは両側に荷車や何かが置いてあった。四辻に立っている巡査の姿は、もう角から見えていた。

突然《とつぜん》岡田の左に引き添《そ》って歩いていた石原が、岡田に言った。「君円錐《えんすい》の立方積《りっぽうせき》を出す公式を知っているか。なに。知らない。あれはぞうさはないさ。基底面《きていめん》に高さを乗じたものの三分の一だから、もし基底面が圏《けん》になっていれば、$\frac{1}{3}r^2\pi h$が立方積だ。$\pi=3.1416$だということを記憶《きおく》していれば、わけなくできるのだ。僕はπを小数点下八位まで記憶している。$\pi=3.14159265$に

虎が酔人をくわぬ　虎は、酔《よ》って恐れを知らない人間は襲《おそ》わない。

Silentium!　（ドイツ語）静かに！

なるのだ。実際それ以上の数《すう》は不必要だよ。」

こう言っているうちに、三人は四辻《よつつじ》を通り過ぎた。巡査《じゅんさ》は我々の通る横町の左側、交番の前に立って、茅町《かやちょう》を根津《ねづ》の方へ走る人力車を見ていたが、我々にはただ無意味な一瞥《いちべつ》を投じたにすぎなかった。

「なんだって円錐《えんすい》の立方積《りっぽうせき》なんぞを計算しだしたのだ。」と、僕《ぼく》は石原に言ったが、それと同時に僕の目は坂の中ほどに立って、こっちを見ている女の姿を認めて、僕の心は一種異様な激動を感じた。僕は池の北の端《はし》から引き返すみちすがら、交番の巡査のことを思うよりは、この女のことを思っていた。なぜだか知らぬが、僕にはこの女が岡田を待ち受けていそうに思われたのである。はたして僕の想像は僕を欺《あざむ》かなかった。女は自分の家よりは二三軒《げん》先へ出迎《でむか》えていた。

僕は石原の目をかすめるように、女の顔と岡田の顔とを見くらべた。いつも薄紅《うすくれない》ににおっている岡田の顔は、確かにひとしお赤く染まった。そして彼《かれ》は偶然《ぐんぜん》帽《ぼう》を動かすらしくよそおって、帽のひさしに手をかけた。女の顔は石のように凝《こ》っていた。そして美しくみはった目の底には、無限の残り惜《お》しさが含《ふく》まれているようであった。

この時石原の僕に答えたことばは、その響《ひび》きが耳に入《い》っただけで、その意は心に通ぜなかった。多分岡田の外套《がいとう》が下ぶくれになっていて、円錐形に見えるところから思いついて、円錐の立方積ということを言いだしたのだと、弁明したのであろう。

石原も女を見ることは見たが、ただ美しい女だと思っただけで意に介《かい》せずにしまったらしかった。石原はまだしゃべり続けている。「僕は君たちに不動の秘訣《ひけつ》を説いて聞かせたが、君たちは修養がないから、急場に臨《のぞ》んでそれを実行することができそうでなかった。そこで僕は君たちの心をほかへ転ぜさせる工夫《くふう》をしたのだ。問題は何を出してもよかったのだが、今言ったようなわけで円錐の公式が出たのさ。とにかく僕の工夫はよかったね。君たちは円錐の公式のおかげで、**unbefangen**《ウンベファンゲン》な態度を保って巡査の前を通過することができたのだ。」

三人は岩崎邸《いわさきてい》について東へ曲がるところに来た。一人乗《いちにんの》りの人力車が行き違《ちが》うことのできぬ横町に入るのだから、危険はもう全くないと言ってもいい。

unbefangen（ドイツ語）とらわれない。無心な。

石原は岡田のそばを離《はな》れて、案内者のように前に立った。僕《ぼく》は今一度振《ふ》り返って見たが、もう女の姿は見えなかった。

僕と岡田とは、その晩石原のところに夜のふけるまでいた。雁《がん》を肴《さかな》に酒を飲む石原の相伴《しょうばん》をしたと言ってもいい。岡田が洋行のことをおくびにも出さぬので、僕はいろいろ話したいことのあるのをこらえて、石原と岡田との間に交換《こうかん》せられる競漕《きょうそう》の経歴談などに耳を傾《かたむ》けていた。

上条《かみじょう》へ帰った時は、僕はくたびれと酒の酔《え》いとのために、岡田と話すこともできずに、別れて寝《ね》た。翌日《よくじつ》大学から帰ってみればもう岡田はいなかった。

一本の釘《くぎ》から大事件が生ずるように、青魚《さば》の煮魚《にざかな》が上条の夕食の饌《せん》に上ったために、岡田とお玉とは永遠に相見ることを得ずにしまった。そればかりではない。しかしそれより以上のことは雁という物語の範囲《はんい》外にある。

僕は今この物語を書いてしまって、指を折って数えてみると、もうその時から三十五年を経過している。物語の一半は、親しく岡田に交わっていて見たのだが、他の一半は岡田が去った後《のち》に、はからずもお玉と相識《そうしき》になって聞

相識　知り合い。

いたのである。たとえば実体鏡の下にある左右二枚の図を、一の影像として見るように、前に見たことと後《のち》に聞いたこととを、照らし合わせて作ったのがこの物語である。読者は僕に問うかもしれない。「お玉とはどうして相識になって、どんな場合にそれを聞いたか。」と問うかもしれない。しかしこれに対する答えも、前に言ったとおり、物語の範囲外にある。ただ僕にお玉の情人になる要約の備わっていぬことは論をまたぬから、読者は無用の臆測《おくそく》をせぬがよい。

実体鏡　平面写真を立体的に見せる装置。

カズイスチカ

父が開業をしていたので、花房《はなぶさ》医学士は卒業する少し前から、休課に父のもとへ来ている間は、代診《だいしん》のまねごとをしていた。

花房の父の診察所《しんさつじょ》は大千住《おおせんじゅ》にあったが、小金井《こがねい》きみ子という女が「千住の家」というものを書いて、くわしくこの家のことを叙述《じょじゅつ》しているから、loco《ロコ》 citato《チタト》としてここには贅《ぜい》せない。Monet《モネエ》なんぞは同じ池に同じ水草の生えているところを何遍《なんべん》も書いていて、時候が違《ちが》い、天気が違い、一日のうちでも朝夕の日当たりの違うのを、人に味わわせるから、一枚見るよりは比べて見るほうがおもしろい。それは巧妙《こうみょう》な芸術家のことである。同じモデルの写生を下手に繰《く》り返されては、たまったものではない。ここらで省筆《せいひつ》をするのは、読者に感謝してもらってもいい。

もっともきみ子はあの家の歴史を書いていなかった。あれを建てた緒方某《おがたぼう》は千住の旧家で、徳川将軍が鷹《たか》狩りの時、千住で小休みをするたびごとに、緒方の家が御用《ごよう》を承《うけたまわ》ることに決まっていた。花房の父があの家をがらくたといっしょに買い取った時、天井裏《てんじょううら》から長さ三尺ばかりの細長い箱が出た。ふたに御鋪物《おんしきもの》と書いてある。御鋪物とは将軍の鋪物である。今は花房の家で、

大千住　現在の東京都足立《あだち》区千住。

小金井きみ子　(一八七〇～一九五六)鷗外の妹。翻訳《ほんやく》家・小説家。

loco citato　(ラテン語)上記引用箇所《かしょ》において。

Monet　(一八四〇～一九二六)フランスの印象主義の画家。

省筆　叙述を省略すること。

鋪物　座るために敷《し》くもの。

その箱に掛《か》け物が入れてある。
火事にもあわずに、だいぶ久しく立っている家と見えて、すこぶる古びがついていた。柱なんぞは黒檀《こくたん》のように光っていた。硝子《がらす》の器《うつわ》を載《の》せた春慶塗《しゅんけいぬ》りの卓《たく》や、白いシイツをおおうた診療用の寝台《ねだい》が、この柱と異様なコントラストをなしていた。
この卓や寝台の置いてある診察《しんさつ》室は、南向きの、いちばん広い間で、花房《はなぶさ》の父が大きい雛棚《ひなだな》のような台を据《す》えて、盆栽《ぼんさい》を並べて置くのは、この室《しつ》の前の庭であった。病人を見て疲《つか》れると、この髯《ひげ》の長い翁《おきな》は、目を棚《たな》の上の盆栽に移して、ひそかに自らたのしむのであった。
待合にしてある次の間にはいくら病人がたまっていても、翁は小さい煙管《きせる》で雲井《くもい》を吹《ふ》かしながら、ゆっくり盆栽を眺《なが》めていた。
午前に一度、午後に一度は、決まって三十分ばかり休む。その時は待合の病人の中を通り抜《ぬ》けて、北向きの小部屋に入って、煎茶《せんちゃ》を飲む。中年のころ、石州流《せきしゅうりゅう》の茶をしていたのが、晩年に国を去って東京に出たころから碾茶《ひきちゃ》をやめて、煎茶を飲むことにした。盆栽と煎茶とが翁の道楽であった。

黒檀
黒色で光沢《こうたく》があり固い木で、家具などに用いる。

春慶塗り
木目の美しさを活《い》かして仕上げる漆《うるし》塗りの一種。

雲井
刻み煙草《たばこ》の銘柄《めいがら》。

煎茶
茶の若葉を摘《つ》んで精製した緑茶。

石州流
茶道の流派の一つ。

碾茶
葉茶を碾《ひ》いて粉末にしたもの。抹茶《まっちゃ》。

この北向きの室《しつ》は、家じゅうでいちばん狭《せま》い間で、三畳敷《じょうじき》である。何の手入れもしないに、年々宿根《しゅくこん》が残っていて、秋海棠《しゅうかいどう》が敷居《しきい》と平らに育った。そのすぐ向こうは木槿《もくげ》の生垣《いけがき》で、垣の内側にはまばらに高い棕櫚《しゅろ》が立っていた。

花房《はなぶさ》が大学にいるころも、官立病院に勤めるようになってからも、休日に帰ってくると、まずこの三畳で煎茶《せんちゃ》を飲ませられる。当時八犬伝《はっけんでん》に読みふけっていた花房は、これをお父さんの「三茶の礼」と名づけていた。

翁《おきな》が特に愛していた、蝦蟇出《がまで》という朱泥《しゅでい》のきゅうすがある。径《わたり》二寸もあろうかと思われる、小さいきゅうすの代赭色《たいしゃいろ》の膚《はだえ》にPemphigus《ペンフィグス》という水泡《すいほう》のような、大小種々のいぼができている。たぶん焼く時にできそこねたのであろう。この蝦蟇出のきゅうすに絹糸の切りくずのように細かくよじれた、暗緑色の宇治《うじ》茶を入れて、それに冷ました湯を注《つ》いで、しばらく待っていて、茶わんにたらす。茶わんの底には五立方サンチメエトルぐらいの濃《こ》い帯緑《たいりょく》黄色《おうしょく》の汁《しる》が落ちている。花房はそれをなめさせられるのである。

甘《あま》みはかすかで、苦《にが》みの勝ったこの茶をも、花房は翁の微笑《びしょう》とともに味

生垣　樹木を植えて作った垣根。

八犬伝　『南総里見《なんそうさとみ》八犬伝』（一八一四～四二刊）。曲亭馬琴《きょくていばきん》の長編小説。

三茶の礼　『八犬伝』里見家の儀礼《ぎれい》「点茶の礼」をもじる。

朱泥　赤褐色《かっしょく》をした陶《とう》器《き》の一種。

Pemphigus　（ドイツ語）天疱瘡《てんぽうそう》。皮膚《ひふ》に水疱《すいほう》が生ずる難病。

わって、それを埋《う》め合わせにしていた。

ある日こういう対座の時、花房が言った。

「お父さん。わたくしもだいぶ理屈《りくつ》だけは覚えました。少しお手伝いをしましょうか。」

「そうじゃろう。理屈はわしよりはえらいに違《ちが》いない。むずかしい病人があったら、見てもらおう。」

この話をしてから、花房は病人をちょいちょい見るようになったのであった。そして翁の満足をかち得《う》ることもおりおりあった。

翁の医学は **Hufeland**《フウフェランド》 の内科を主としたもので、そのころもう古くなって用立たないことが多かった。そこで翁は新しい翻訳《ほんやく》書をいくらか見るようにしていた。もとフウフェランドは蘭訳《らんやく》の書を先輩《せんぱい》の日本訳の書に引き比べて見たのであるが、新しい蘭書を得《う》ることがたやすくなかったのと、多くの障碍《しょうがい》をしのいで横文《おうぶん》の書を読もうとするほどの気力がなかったのとのために、昔読み慣《な》れた書でない洋書を読むことを、翁はめんどうがって、とうとう翻訳書ばかり見るようになったのである。ところが、その翻訳書の数が多くない

Hufeland　（一七六二～一八三六）ドイツの医学者。
日本訳の書　緒方洪庵《おがたこうあん》の訳では『扶氏《ふし》経験遺訓』（一八五七～六一刊）がある。

のに、よい訳は少ないので、翁《おきな》の新しい医学の上の知識にはすこぶる不十分なところがある。

防腐外科《ぼうふげか》なんぞは、翁はわかっているつもりでも、実際本当にはわからなかった。丁寧《ていねい》に消毒した手をありあわせの手ぬぐいでふくようなことが、いつまでもやまなかった。

これに反して、若い花房がどうしても企《くわだ》て及《およ》ばないと思ったのは、一種のCoup d'œil《クウ　ドヨイユ》であった。「この病人はもう一日はもたん。」と翁が言うと、その病人はきっと二十四時間以内に死ぬる。それが花房にはどう見てもわからなかった。

ただこれだけなら、少《しょう》花房が経験の上で老《ろう》花房に及《およ》ばないというにすぎないが、実はそうではない。翁の及ぶべからざるところが別にあったのである。

翁は病人をみている間は、全幅《ぜんぷく》の精神をもって病人をみている。そしてその病人が軽かろうが重かろうが、鼻風だろうが必死の病《やまい》だろうが、同じ態度でこれに対している。盆栽《ぼんさい》をもてあそんでいる時もそのとおりである。茶をすすっている時もそのとおりである。

Coup d'œil（フランス語）一目で判断すること。

全幅の　ありったけの。

花房学士は何かしたいこともしくはするはずのことがあって、それをせずにしばらく病人をみているという心持ちである。それだから、同じ病人をみても、平凡《へいぼん》な病だとつまらなく思う。Intéressant《エントレッサン》 の病症《びょうしょう》でなくてはあきたらなく思う。またたまたまいわゆる興味ある病症をみても、それを研究して書いておいて、業績として公《おおやけ》にしようとも思わなかった。もちろん発見も発明もできるならしようとは思うが、それを生活の目的だとは思わない。始終何かさらにしたいこと、するはずのことがあるように思っている。しかしそのしたいこと、するはずのことはなんだかわからない。ある時は何物かが幻影《げんえい》のごとくに浮《う》かんでも、捕捉《ほそく》することのできないうちに消えてしまう。女の形をしている時もある。種々の栄華《えいが》の夢になっている時もある。それかと思うと、そのころ碧巌《へきがん》を見たり無門関《むもんかん》を見たりしていたので、禅定《ぜんじょう》めいた contemplatif《コンタンプラチィフ》 な観念になっている時もある。とにかくとりとめのないものであった。それが病人を見る時ばかりではない。何をしていても同じことで、これをしてしまって、片づけておいて、それからというような考えをしている。それからどうするのだかわからない。

Intéressant　(フランス語)興味のある。

碧巌　『碧巌録《へきがんろく》』。中国禅宗《ぜんしゅう》の仏教書。

無門関　中国の仏教書。禅の悟《さと》りを開くための公案集。

禅定　瞑想《めいそう》して心身ともに安定した状態に入ること。

contemplatif　(フランス語)瞑想的。

そして花房《はなぶさ》はそのわからないあるものが何物だということを、強《し》いてわからせようともしなかった。ただある時はそのあるものを幸福というものだと考えてみたり、ある時はそれを希望ということに結びつけてみたりする。そのくせまたそれを得《う》れば成功で、失えば失敗だというようなところまでは追求しなかったのである。

しかしこのあるものが父にないということだけは、花房もとっくに気がついて、初めは父がつまらない、内容のない生活をしているように思って、それは老人だからだ、老人のつまらないのは当然だと思った。そのうち、熊沢《くまざわ》蕃山《ばんざん》の書いたものを読んでいると、志を得て天下国家を事とするのも道を行うのであるが、平生《へいぜい》顔を洗ったり髪《かみ》をくしけずったりするのも道を行うのであるという意味のことが書いてあった。花房はそれを見て、父の平生を考えてみると、自分が遠い向こうにあるものを望んで、目前のことをいいかげんにすませてゆくのに反して、父はつまらない日常のことにも全幅《ぜんぷく》の精神を傾《けい》注《ちゅう》しているということに気がついた。宿場の医者たるに安んじている父のrésignation《レジニアション》の態度が、有道者の面目《めんぼく》に近いということが、おぼろげながら見

熊沢蕃山 （一六一九〜九一）江戸《えど》時代前期の儒者《じゅしゃ》。

résignation （フランス語）あきらめ。断念。

えてきた。そしてその時からにわかに父を尊敬する念を生じた。

実際花房の気のついたとおりに、翁《おきな》の及《およ》びがたいところはここに存《そん》じていたのである。

花房は大学を卒業して官吏《かんり》になって、半年《はんねん》ばかりも病院で勤めていただろう。それから後は学校教師になって、Laboratorium《ラボラトリウム》に出入《しゅつにゅう》するばかりで、病人というものを扱《あつか》ったことがない。それだから花房の記憶《きおく》には、いつまでも千住《せんじゅ》の家で、父の代診《だいしん》をした時のことが残っている。それが医学をした花房の医者らしい生活をした短い期間であった。

その花房の記憶にわずかに残っていることを二つ三つ書く。いったい医者のためには、軽い病人も重い病人も、ぜいたく薬《ぐすり》を飲む人も、病気が死活問題になっている人も、ひとしくこれ casus《カズス》である。Casus として取り扱って、感動せずに、冷眼に見ているところに医者の強みがある。しかし花房はそういう境界にはいたらずにしまった。花房はまだ病人が人間に見えているうちに、病人を扱わないようになってしまった。そしてその記憶にはただ Curiosa《クリオザ》が残っている。作者が漫然《まんぜん》と医者の術語を用いて、これに Casuistica《カズイスチカ》

Laboratorium（ドイツ語）実験室。

casus（ラテン語）出来事。症例《しょうれい》。

Curiosa（ラテン語）好奇心。

Casuistica（ラテン語）症例報告。臨床《りんしょう》記録。

と題するのは、花房《はなぶさ》の冤枉《えんおう》とするところかもしれない。

落架風《らっかふう》。花房が父に手伝いをしようと言ってから、間《ま》のない時のことであった。ちょうど新年で、門口《かどぐち》に羽根をついていた、花房の妹の藤子《ふじこ》が、きゃっと言って奥の間《おくのま》へ飛び込《こ》んで来た。花月新誌《かげつしんし》の新年号を見ていた花房が、なんだと問うと、恐《おそ》ろしい顔の病人が来たと言う。どんな顔かと問えば、ただ食いつきそうな顔をしていたから、二目《ふため》と見ずに逃《に》げて入ったと言う。そこへ佐藤《さとう》という、色の白い、髪《かみ》を長くしている、越後《えちご》生まれの書生が来て花房に言った。

「老先生がちょっとおいでくださるようにとおっしゃいますが。」

「そうか。」

と言って、花房はすぐに書生といっしょに広間に出た。

春慶塗《しゅんけいぬ》りの、楕円形《だえんけい》をしている卓《たく》の向こうに、翁《おきな》はにこにこした顔をして、椅子《いす》によりかかっていたが、花房に「あの病人をご覧。」と言って、顔で方角を示した。

寝台《ねだい》の据《す》えてあるあたりの畳《たたみ》の上に、四十余りのおかみさんと、二十《はたち》ばか

冤枉　無実の罪。ぬれぎぬ。
花月新誌　10ページ注参照。

りの青年とが座《すわ》っている。藤子が食いつきそうだと言ったのは、この青年の顔であった。

色の蒼白《あおじろ》い、面長《おもなが》な男である。下あごを後下方《こうかほう》へ引っ張っているように、口を開いているので、その長い顔がほとんど二倍の長さに引き延ばされている。絶えずよだれが垂れるので、畳《たた》んだ手ぬぐいであごをふいている。顔ぐらいの狭《せま》い面積のところで、一部を強く引っ張れば、全体の形が変わってくる。醜《みにく》くはない顔の大きい目が、外眦《がいさい》を引き下げられて、異様に開いて、物に驚《おどろ》いたように正面を凝視《ぎょうし》している。藤子が食いつきそうだと言ったのも無理はない。

付き添《そ》ってきたおかみさんは、目の縁《ふち》を赤くして、涙声《なみだごえ》で一度翁に訴《うった》えたとおりをまた花房に訴えた。

おかみさんのうちにはゆうべ骨牌《かるた》会があった。息子《むすこ》さんは誰《だれ》やらと札の引っ張り合いをして勝ったのが愉快《ゆかい》だというので、大声に笑った拍子《ひょうし》に、あごが両方一度にはずれた。それから大騒《おおさわ》ぎになって、近所の医者にみてもらったが、はめてはくれなかった。このままで治らなかったらどうしようと

外眦　まなじり。目尻《めじり》。

いうので、息子《むすこ》よりはおかみさんが心配して、とうとう寝《ね》られなかったというのである。

「どうだね。」

と、翁《おきな》はほほえみながら、若い学士の顔を見て言った。

「そうですね。診断《しんだん》は僕《ぼく》もおかみさんに同意します。両側下顎脱臼《りょうそくかがくだっきゅう》です。ゆうべ脱臼したのなら、すぐに整復ができる見込《みこ》みです。」

「やってごらん。」

花房《はなぶさ》は佐藤《さとう》にガアゼを持ってこさせて、両手の親指を厚く巻いて、それを口にさし入れて、下あごを左右二箇所《かしょ》で押《お》さえたと思うと、後部を下へぐっと押し下げた。手を緩《ゆる》めると、あごはみごとにはまってしまった。

二十《はたち》のよだれ繰《く》りは、今まであごを押さえていた手ぬぐいで涙《なみだ》をふいた。おかみさんもたもとから手ぬぐいを出してうれし涙をふいた。

花房はしたり顔に父の顔を見た。父は相変わらずほほえんでいる。

「解剖《かいぼう》を知っておるだけのことはあるのう。始めてのようではなかった。」

親子が喜び勇んで帰ったあとで、翁はことばをついでこう言った。

整復
脱臼・骨折などの骨の異常を正常に戻《もど》すこと。

したり顔
してやったという得意そうな表情で。

「下顎の脱臼は昔は落架風《らっかふう》といって、ある大家《たいか》は整復の秘密を人に見られんように、大ぶろしきを病人の頭からかぶせておいて、術を施《ほどこ》したものだよ。骨の形さえ知っていれば秘密はない。皿の前の下へ向いて飛び出しているところを、後ろへ越《こ》させるだけのことだ。学問はありがたいものじゃのう。」

一枚板《いちまいいた》。これは夏のことであった。瓶有村《かめあり》の百姓《ひゃくしょう》が来て、せがれが一枚板になったから、来てみてもらいたいと言った。佐藤がいろいろ容態を問うてみても、ただ繰《く》り返して一枚板になったというばかりで、そのほかにはなんにも言わない。言うすべを知らないのであろう。翁は聞いて、ちょうど暑中休みで帰っていた花房に、なんだかわからないが、あまり珍《めずら》しい話だから、行ってみる気はないかと言った。

花房は別におもしろいことがあろうとも思わないが、訴《うった》えのことばに多少の好奇心を動かされないでもない。とにかく自分が行くことにした。

蒸《む》し暑い日の日盛《ひざか》りに、車で風を切ってゆくのは、かえってうちにいるよりはいい心持ちであった。田と田との間に、堤《つつみ》のように高く築き上げてある、長い長い畷道《なわてみち》を、汗《あせ》をふきながら引いて行く定吉《さだきち》に「暑かろうなあ。」と言え

瓶有村　現在の東京都葛《かつ》飾《しか》区亀有《かめあり》。

畷道　田の間の道。あぜ道。

ば「なあに、寝《ね》ていたって、暑いのは同じことでさあ。」と言う。一本一本の榛《はん》の木から起こる蟬《せみ》の声に、空気の全体がかすかに震《ふる》えているようである。

三時ごろに病家《びょうか》に着いた。杉《すぎ》の生垣《いけがき》の切れたところに、柴折戸《しおりど》のような一枚の扉《とびら》を取り付けた門を入ると、土を堅《かた》く踏《ふ》み固めた、広い庭がある。穀物を扱《あつか》うところである。乾《かわ》ききった黄いろい土の上に日がいっぱいに照っている。狭《せま》く囲まれたところに入ったので、蟬の声が耳をふさぎたいほどやかましく聞こえる。そのほかには何の物音もない。村じゅうが午休《ひるやす》みをしている時刻なのである。

庭の向こうに、横に長方形に立ててあるわらぶきの家が、建具《たてぐ》をことごとくはずして、開け放ってある。東京近在の百姓家《ひゃくしょうや》の常で、向かって右に台所や土間が取ってあって左のかなり広いところを畳敷《たたみじ》きにしてあるのが、ただ一目に見渡《みわた》される。

縁側《えんがわ》なしに造《つく》った家の敷居《しきい》、鴨居《かもい》から柱、天井《てんじょう》、壁《かべ》、畳まで、bitume《ビチュウム》の勝った画《え》のように、濃淡種々《のうたんしゅじゅ》の茶褐色《ちゃかっしょく》に染まっている。正面の背景になっている、濃《こ》い褐色に光っている戸棚《とだな》の板戸の前に、煎餅布団《せんべいぶとん》を敷《し》いて、病人が寝《ね》かし

榛の木
水田の近くに稲《いね》掛《か》け用に植える落葉高木。

柴折戸
竹や木の枝を折って作った簡素な開き戸。

bitume
161ページ注参照。

である。家族の男女が三四人、涅槃図《ねはんず》を見たように、それを取り巻いている。まだあまりよごれていない、病人の白地の浴衣《ゆかた》が真っ白に、西洋の古い戦争の油画《あぶらえ》で、よく真ん中にかいてある白馬のように、目を刺激《しげき》するばかりで、周囲の人物も皆《みな》褐色である。

「お医者様が来ておくんなされた。」

と誰《だれ》やらが言ったばかりで、起《た》って出迎《でむか》えようともしない。男も女も熱心に病人を目守《まも》っているらしい。

花房《はなぶさ》の後《うし》ろについてきた定吉《さだきち》は、左の手で汗《あせ》をふきながら、提《さ》げてきた薬籠《やくろう》のふろしき包みを敷居《しきい》の際《きわ》に置いて、台所の先の井戸《いど》へ駈《か》けていった。すぐにきいきいとろくろのきしる音、ざっざっと水をこぼす音がする。

花房はしばらく敷居の前に立って、内の様子を見ていた。病人は十二三の男の子である。熱帯地方の子供かと思うように、ひどく日に焼けた膚《はだ》の色が、白地の浴衣で引っ立って見える。筋肉のしまった、細く固くできた体だということが一目《ひとめ》で知れる。

しばらく見ていた花房は、駒下駄《こまげた》を脱《ぬ》ぎ捨てて、一足敷居の上に上がった。

涅槃図
釈迦《しゃか》入滅《にゅうめつ》の光景を描《えが》いた画。

ろくろ
井戸に据え、縄を掛けて釣瓶《つるべ》を上下させる滑車《かっしゃ》。

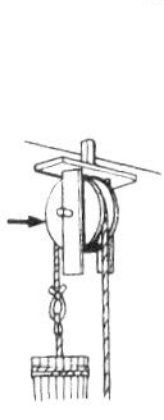

駒下駄
74ページ注参照。

その刹那《せつな》のことである。病人は釣《つ》り上げた鯉《こい》のように、煎餅布団《せんべいぶとん》の上で跳《は》ね上がった。

花房《はなぶさ》は右の片足を敷居《しきい》に踏《ふ》み掛《か》けたままで、はっと思って、左を床《ゆか》の上へ運ぶことを躊躇《ちゅうちょ》した。

横に三畳《さんじょう》の畳《たたみ》を隔《へだ》てて、花房が敷居に踏み掛けた足の撞突《とうとつ》が、波動を病人の体に及《およ》ぼして、微細《びさい》な刺激《しげき》が猛烈《もうれつ》な全身の痙攣《けいれん》をいざない起こしたのである。

家族が皆じっとして座《すわ》っていて、起《た》って客を迎《むか》えなかったのは、百姓《ひゃくしょう》の礼《れい》儀《ぎ》を知らないためばかりではなかった。

診断《しんだん》は左の足を床の上に運ぶ時についてしまった。破傷風《はしょうふう》である。

花房はそっとそばに歩み寄った。そして手を触《ふ》れずに、やや久しく望診《ぼうしん》していた。一枚の浴衣《ゆかた》を、胸をあらわして着ているので、ほとんど裸体《らたい》も同じことである。全身の筋肉が緊縮《きんしゅく》して、体は板のようになっていて、それが周囲のあらゆる微細な動揺《どうよう》に反応して、痙攣を起こす。これは学術上の現症《げんしょう》記事ではないから、いちいちの徴候《ちょうこう》は書かない。しかし卒業して間もない花

撞突
突《つ》くこと。

破傷風
傷口から破傷風菌《きん》が侵入《しんにゅう》して起こる伝染病。

望診
顔色など目で見て診察《しんさつ》すること。

房が、まだ頭にそっくり持っていた、内科各論の中の破傷風の徴候が、何一つ忘れられずに、印刷したように目前に現れていたのである。鼻の頭に真珠《しんじゅ》を並べたようにしみ出している汗《あせ》までが、約束どおりに、忘れられずにいた。

一枚板とは実に簡にして尽《つ》くした報告である。知識《ちしき》の私《わたくし》に累《るい》せられない、純朴《じゅんぼく》な百姓《ひゃくしょう》の自然の口からでなくては、こんなことばの出ようがない。あの報告は生活の印象主義者の報告であった。

花房は八犬伝《はっけんでん》の犬塚信乃《いぬづかしの》の容体《ようだい》に、少しも破傷風らしいところがなかったのを思い出して、心のうちにおかしく思った。

そばにいた両親のかわるがわる話すのを聞けば、この大切な一人息子《むすこ》は、夏になってから毎日裏の池で泳いでいたということである。体じゅうにかきむしったような傷の絶えない男の子であるから、病原菌《びょうげんきん》の侵入口《しんにゅうこう》はどこだかわからなかった。

花房は興味あるcasus《カズス》だと思って、父に頼《たの》んでこの病人の治療《ちりょう》を一人で受け持った。そしてその経過を見に、たびたび瓶有《かめあり》村の農家へ、炎天《えんてん》をおかして出かけた。途中《とちゅう》でひどい夕立にあって困ったこともある。

知識の私に累せられない
知識に基づく先入観に邪魔《じゃま》されない。

犬塚信乃
八犬士の一人。負傷して破傷風にかかる。

病人は恐《おそ》ろしい大量のChloral《クロラアル》を飲んで平気でいて、とうとう全快してしまった。

生理的腫瘍《しゅよう》。秋の末で、南向きの広間の前の庭に、木《こ》の葉《は》が掃《は》いても掃いてもたまるころであった。ちょうど土曜日なので、花房《はなぶさ》は泊《と》まりがけに父の家へ来て、診察室《しんさつしつ》の西南《にしみなみ》に新しく建て増した亜鉛《とたん》ぶきの調剤《ちょうざい》室と、その向こうに古い棗《なつめ》の木の下に建ててある同じ亜鉛ぶきの車小屋との間の一坪《つぼ》ばかりの土地に、その年たくさん実のなった錦荔支《れいし》のつるの枯《か》れているのをむしっていた。

その時調剤室の硝子窓《がらすまど》を開けて、佐藤《さとう》が首を出した。

「ちょっと若先生にご覧を願いたい患者《かんじゃ》がございますが。」

「むずかしい病気なのかね。もうお父《と》っさんが帰っておいでになるだろうから、待たせておけばいいじゃないか。」

「しかしもうだいぶ長く待たせてあります。今日の最終の患者ですから。」

「そうか。もうあとはみんな帰ったのか。道理でひどく静かになったと思った。それじゃああまり待たせても気の毒だから、僕《ぼく》がみてもいい。いったい

Chloral（ドイツ語）内服する麻酔《ますい》剤の一種。

錦荔支　蔓荔枝《つるれいし》。別名、苦瓜《にがうり》。果実は全面にいぼがある。

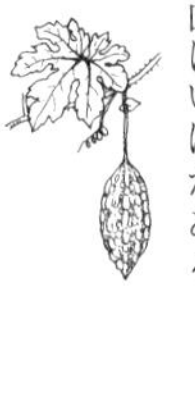

どんな病人だね。」

「もう土地の医師のところを二三軒《げん》回ってきた婦人の患者です。最初誰《だれ》かに脹満《ちょうまん》だと言われたので、水を取ってもらうには、外科のお医者がよかろうと思って、誰かのところへ行くと、どうも堅《かた》いから癌《がん》かも知れないと言って、針を刺《さ》してくれなかったというのです。」

「それじゃあ腹水《ふくすい》か、腹腔《ふくこう》の腫瘍《しゅよう》かという問題なのだね。君は見たのかい。」

「ええ。波動はありません。既往症《きおうしょう》を聞いてみても、肝臓《かんぞう》に何か来そうな、取りとめた事実もないのです。酒はどうかと言うと、いやではないと言います。はてなと思ってよく聞いてみると、飲んでも二三杯《ばい》だというのですから、まさか肝臓に変化を来たすほどのこともないだろうと思います。栄養は中等です。悪性腫瘍らしいところは少しもありません。」

「ふん。とにかくみよう。今手を洗っていくから、待ってくれたまえ。いったい医者が手をこんなにしてはたまらないね、君。」

花房は前へ出した両手の指のよごれたのを、かがめて広げて、人につかみつきそうなふうをして、佐藤に見せて笑っている。

脹満　腹部が膨張《ぼうちょう》した病状。

腹水　腹腔内に液体がたまる病気。

腫瘍　体内で周辺組織とは無関係に、異常にふえる細《さい》胞《ほう》のかたまり。

佐藤《さとう》が窓をしめて引っ込《こ》んでから、花房《はなぶさ》はゆっくり手を洗って診察室《しんさつしつ》に入った。

例の寝台《ねだい》の脚《あし》のところに、二十二三の櫛巻《くしま》きの女が、半襟《はんえり》のかかった銘撰《めいせん》の半纏《はんてん》を着て、絹のはでな前掛《まえか》けを胸高に締《し》めて、右の手を畳《たたみ》について、体を斜《なな》めにして座《すわ》っていた。

琥珀色《こはくいろ》を帯びた円《まる》い顔の、目の縁《ふち》が薄《うす》赤い。その目でちょいと花房を見て、すぐに下を向いてしまった。Cliente《クリアント》としてこれに対している花房も、ひどく媚《こび》のある目だと思った。

「寝台に寝《ね》させましょうか。」

と、ついてきた佐藤が、知れきったことを世話焼《せわや》き顔に言った。

「そう。」

若先生に見ていただくのだからと断って、佐藤が女に再び寝台に寝ることを命じた。女は壁《かべ》の方に向いて、前掛けと帯と何本かの紐《ひも》とを、ずいぶん気長に解いている。

「先生がご覧になるかもしれないと思って、さっきそのままで待っているよ

櫛巻き
66ページ注参照。

半襟
襟の上に重ねてかける掛け襟。

銘撰
絹織物の一種。

半纏
羽織に似た、丈の短い上着。

Cliente
（フランス語）患《かん》者《じゃ》。

うに言っといたのですが。」

と、佐藤は言いわけらしくつぶやいた。掛《か》け布団《ぶとん》もない寝台の上でそのまま待てとは女の心を知らない命令であったかもしれない。

女は寝た。

「ひざを立てて、楽に息をしておいで。」

と言って、花房はしばらくすり合わせていた両手《りょうて》の平《ひら》を、女の腹に当てた。そしてちょいとおさえてみたかと思うと「聴診器《ちょうしんき》を。」と言った。

花房は佐藤の卓《たく》の上から取って渡《わた》す聴診器を受け取って、へその近所に当てて左の手で女の脈を取りながら、聴診していたが「もうよろしい。」と言って寝台を離《はな》れた。

女はすぐに着物の前をかき合わせて、起き上がろうとした。

「ちょっとそうして待っていてください。」

と、花房が止めた。

花房に黙《だま》って顔を見られて、佐藤は機嫌《きげん》を伺《うかが》うように、小声で言った。

「なんでございましょう。」

「腫瘍《しゅよう》は腫瘍だが、生理的腫瘍だ。」

「生理的腫瘍。」

と、無意味に繰《く》り返して、佐藤《さとう》はあきれたような顔をしている。

花房《はなぶさ》は聴診器《ちょうしんき》を佐藤の手に渡《わた》した。

「ちょっと聴《き》いてみたまえ。胎児《たいじ》の心音がよく聞こえる。手の脈と一致《いっち》している母体の心音よりは度数が早いからね。」

佐藤は黙って聴診してしまって、忸怩《じくじ》たるものがあった。

「よく話して聞かせてやってくれたまえ。まあ、套管針《とうかんしん》なんぞを立てられなくてしあわせだった。」

こう言っておいて、花房は診察室《しんさつしつ》を出た。

子がなくて夫に別れてから、裁縫《さいほう》をして一人で暮らしている女なので、ほかの医者は妊娠《にんしん》に気がつかなかったのである。

この女の家の門口《かどぐち》にかかっている「御仕立物《おんしたてもの》」とお家流で書いた看板の下をくぐって、若い小学教員が一人たびたび出入りをしていたということが、後《のち》になって評判せられた。

忸怩　内心恥《は》ずかしく思うさま。

套管針　腹水を取るための針。

お家流　109ページ注参照。

解説

——鷗外の現代小説——

古《ふる》郡《こおり》康《やす》人《ひと》

明治四十年代の森鷗外

日露《にちろ》戦争後の一九〇七（明治四十）年、森鷗外は軍医としての最高位である陸軍軍医総監《そうかん》（中将に相当）に昇進《しょうしん》し、陸軍省医務局長に就任しました。その本職のかたわら、創作や翻訳《ほんやく》に、それも詩歌・小説・戯曲《ぎきょく》すべてのジャンルにわたって、めざましい文学活動を展開します。小説では、一九一二（明治四十五・大正元）年の乃木《のぎ》大将の明治天皇への殉死《じゅんし》をきっかけに、『興津弥五右衛門《おきつやごえもん》の遺書』を第一作として歴史小説へ移行するまで、当時創刊された雑誌「スバル」「三田《みた》文学」を中心に、多くの現代小説を発表しました。

一九一七（大正六）年のエッセイ『なかじきり』で、それまでの文学活動をジャンル別にふりかえった鷗外は、現代小説について「済勝《せいしょう》の足ならしに短編《ぺん》数十を作り試みたが、長編の山口にたどり付いて挫折《ざせつ》した」と述べました。短編の創作を景勝の地を踏破《とうは》する準備にたとえ、いよいよ長編という山をめざしたその登り口で断念した、というまとめで、鷗外自身によれば、長編はついに書けなかったことになります。しかし、長篇に準じた規模の作品として、『青年』『雁《がん》』『灰燼《かいじん》』が私たちに残されました。『雁』は中でも名作の定評があるものです。

いきいきと描《えが》かれた人情と風俗《ふうぞく》

『雁』は、東京大学医学部真向かいに岡田《おかだ》が下宿する本郷《ほんごう》と、末造《すえぞう》の家がある不忍池《しのばずのいけ》のほとりと、その境界にあってお玉《たま》が住む無縁坂《むえんざか》とを結ぶ空間が、作品の舞台《ぶたい》です。語り手「僕《ぼく》」は岡田の隣室《りんしつ》の友人で、それは今から三十年ほど前の一八八〇（明治十三）年の出来事だったと語り始めます。

「僕」がまず紹介《しょうかい》したのは、岡田の規律正しい生活ぶりと、散歩する岡田が会釈《えしゃく》するようになった「窓の女」お玉との出会いです（一～三章）。次に、お玉の生まれと育ち、そして末造《すえぞう》の妾《めかけ》となりやがてその末造が高利貸しであると知って「独立したような」心持ちになるまでが明らかにされます（四～十一章）。そして、お玉をめぐる末造夫婦のいさかいを描き（十二～十五章）、紅雀《べにすずめ》を襲《おそ》った蛇《へび》を退治してくれた事件をきっかけに、お玉が岡田を待ちうけようと決意するまでが語られます（十六～二十一章）。

このような筋立ての中に、登場人物の心理や人間らしい感情、当時の学生や庶民《しょみん》の生活ぶりや風俗が、丹念《たんねん》に描きこまれていきます。坪内逍遥《つぼうちしょうよう》は一八八五（明治十八）年から翌年にかけて刊行した『小説神髄《しんずい》』で、「小説の主脳は人情なり、世態風俗これに次ぐ」と述べて写実主義を提唱し、日本の近代文学の有力な方向づけをしましたが、『雁』が名作として定評のある大きな一因は、その見事な写実性にあるといってよいでしょう。

女性解放運動との交響《こうきょう》

幕末の神田お玉が池種痘所《しゅとう》にその起源をもつ東京大学医学部は、明治九年に本郷に移った東京医学校が翌十年の東京大学の発足《ほっそく》により改称《かいしょう》したものです。作中時間である明治十三年当時、本郷キャンパスには医学部だけがありました。まだ下谷和泉橋《したやいずみ》にあった東京医学校の、寄宿舎の小使をしていたのが末造です。彼はその通勤途上《とじょう》でお玉を見かけるのですが、練塀町《ねりべいちょう》に住む小使から池《いけ》の端《はた》の茅町《かやちょう》に住む高利貸しへという末造の歩みは、下谷から本郷へ移る大学医学部の発展と似た軌跡《きせき》をたどっています。下谷周辺は本郷・無縁坂・不忍池のいわば前史をなす空間です。

その下谷周辺で、婿《むこ》となった巡査《じゅんさ》に妻があることを知ったお玉は、井戸への入水未遂《じゅすいみすい》事件を起こしています。とすると、妾になることは堕落《だらく》の極《きわ》みだと承知しながら、父親を幸福にするためにすすんで犠牲《ぎせい》となったお玉は、末造に妻があったのを知ったとき、再び同じような騙《だま》し討《う》ちにあったことになります。さらに追い討ちをかけるように、魚屋の女主人から「高利貸しの妾なんぞに売る魚はない」と言われ、末造が人々の忌《い》み嫌《きら》う高利貸しであると知るのです。彼女《かのじょ》が「もう人にだまされることだけは、ごめんをこうむりたいわ。わたくしうそをついたり、人をだましたりなんかしない代わりには、人にだまされもしないつもりなの」と言うのは当然の真情でしょう。しかし、末造が高利貸しであったという衝撃《しょうげき》は胸の中に秘め、父親には黙《だま》っていようと決意したときの「自分の胸のうちに眠《ねむ》っていたあるものが醒覚《せいかく》したような、これまで人にたよっていた自分が、思いがけず独立したような」気持ちは、自立する女性としての自覚の芽生えにほかなりません。

『雁《がん》』の連載が始まった一九一一（明治四十四）年九月は、平塚《ひらつか》らいてうが「元始女性は太陽であった」と宣言して女性の自立を呼びかけた雑誌「青鞜《せいとう》」創刊の月でもありました。鷗外は「青鞜」への支援を惜《お》しまず、そのことをらいてうは終生感謝しましたが、『雁』は女性の自覚という、作品発表当時の社会的関心とも響《ひび》き合っていたことになります。

時代の本質をとらえる象徴《しょうちょう》性

お玉は蛇《へび》退治事件をきっかけに「これまでただ欲《ほ》しいものであったが、今やたちまち変じて買いたいものになった」というほどに、岡田《おかだ》に接近したい気持ちが急速に強まり、決意して無縁坂《むえんざか》に立ちます。しかし散歩に出た岡田には、往《ゆ》きには「僕《ぼく》」が、帰りには石原《いしはら》という友人までもが付き添《そ》っていて、お玉は無限の名残惜《なごりお》しさをもって岡田を見送るしかありませんでした。

これが『雁』の結末です。この結末が語られた二十二〜二十四章は、一九一五（大正四）年に刊行された単行本で加筆されました。「古い話である。僕は偶然《ぐうぜん》それが明治十三年のできごとだということを記憶している。どうして年をはっきり覚えているかというと、そのころ僕は東京大学の鉄門の真向かいにあった、上条《かみじょう》という下宿屋に、この話の主人公と壁《かべ》一つ隔《へだ》てた隣同士《となりどうし》になって住んでいたからである」と書き出された『雁』は、雑誌掲載《けいさい》が中断されてからちょうど二年を経て、岡田を主人公とする出来事の内容を明らかにしたことになります。題名『雁』が暗示していた雁もここで登場し、その死によって「古い話」の中に組み込まれることになりました。

無縁坂のお玉の無念さと不忍池《しのばずのいけ》の雁の死とを結びつけて考えたのは語り手の「僕」です。石つぶてで雁を射た岡田が「ふしあわせな雁もあるものだ」と言ったとき、「僕の写象には、何の論理的連《れん》繋《けい》もなく、無縁坂の女が浮《う》かぶ」のでした。「僕」は、お玉の運命という目に見えないものを、目に見えるようにするためのモノ（象徴）として、雁を考えたのでした。

このような象徴性は、ところで、お玉に限らず、岡田にも末造《すえぞう》にも与《あた》えられているようです。「誰《だれ》でも時計を号砲《どん》に合わせることを忘れた時には岡田の部屋へ問いに行く。上条の帳場の時計もおりおり岡田の懐中《かいちゅう》時計によってただされるのである」と説明される岡田は、時計によって運営されている近代市民社会の規律ある秩序《ちつじょ》（それを諷刺《ふうし》したエドガー・アラン・ポーの小説『鐘楼《しょうろう》の悪魔《あくま》』を鷗外は翻訳《ほんやく》しています）を象徴しているといえます。また、金銭の運用によって飽《あ》くことのない利殖《りしょく》を追求する末造は、物事に満足できない現代人の傾向《けいこう》を象徴しています（尾崎紅葉《おざきこうよう》『金色夜叉《こんじきやしゃ》』を、「不属饜《あくことをしらないこと》」つまり満足することを知らない高利貸し的思想を描《えが》いた小説だと指摘《してき》したのも鷗外でした）。

さて、お玉が岡田と結ばれなかったのは、たまたま嫌《きら》いな青魚《さば》のみそ煮《に》が夕食に出たことで「僕」が岡田を外出に誘《さそ》ったから、しかもまた、翌日岡田は留学の準備のため下宿を去らねばならなかったから、なのでしょうか。私たち読者はそのような偶然をむしろ必然であると感じとるのではないでしょうか。なぜなら、日本でただ一つの大学に学び、さらにヨーロッパ留学をめざす岡田《おかだ》のようなエリートは、末造の欲望の対象となったお玉のような日蔭《ひかげ》の花を、結局は犠牲《ぎせい》にしたのではないか、それが日本の近代化ではなかったかという理解が、読者の側にそれこそ「何の論理的連繫《れんけい》もなく」浮上《ふじょう》するからです。そのような読みを導くものが、登場人物それぞれの日常生活の背後にある象徴《しょうちょう》性を描《えが》きこんだ上で、岡田によって殺された雁《がん》をお玉の運命の象徴として物語の結末に刻印した「僕《ぼく》」の語りだったのです。『雁』は人情・風俗《ふうぞく》を描く写実性とともに、時代の本質をとらえる象徴性を備えています。

鷗外現代小説の特質

『カズイスチカ』も『雁』と同じく、大学卒業前後の鷗外自身の経歴に取材しています。と同時に、少花房《しょうはなぶさ》の愛読書としての『八犬伝』と、語り手が叙述《じょじゅつ》の仕方として意識した印象主義とは、発表当時ともに話題となっていた事柄《ことがら》であり、ここでも同時代との交響《こうきょう》があります。

前半には、「遠い向こうにあるものを望んで、目前のことをいいかげんにすませてゆく」少花房と対照的な、「つまらない日常のことにも全幅《ぜんぷく》の精神を傾注《けいちゅう》している」老花房の精神のありようが提示されます。これは『雁』で末造《すえぞう》に象徴させた「不属饜《あくことをしらないこと》」とは逆の、後に歴史小説『高瀬舟《たかせぶね》』でも取り上げられることになる「足ることを知っていること」というあり方であって、鷗外が切実な関心を寄せたテーマです。

後半では、老花房の代診《だいしん》を勤めた少花房の、三つのカズイスチカ（症例報告《しょうれい》）が紹介されます。それが、患者《かんじゃ》がカズス（症例）としてではなく、「人間に見えている」ときの記録であり、「好奇心」が働いたエピソードであることに注目しましょう。少花房がいずれの診察でも的確な判断と処置をしていることを考え合わせるならば、尊敬すべき老花房の精神のありように匹敵《ひってき》するような、明治の新時代を生きる日本人が重視すべき精神の働きとして、好奇心が見出《い》だされていると言ってよいからです。このあり方のゆくえは『カズイスチカ』に次いで発表された『妄想《もうそう》』で、主人公「白髪《はくはつ》の翁《おきな》」による回想として示されることになります。

日常のささいな出来事やたんなるエピソードとみえるものが、じつは日本と日本人のあり方に深く関《かか》わることを、鷗外の現代小説は示しつづけたのでした。

森鷗外 略年譜

西暦	年号	齢	文学活動	生活	社会の動き
一八六二	文久2	0		1月19日（新暦2月17日）、現在の島根県鹿足郡津和野町に生まれる	2皇女和宮、徳川家茂に降嫁
一八七二	明治5	10		6父に随って上京　10西周邸に寄寓、進文学社でドイツ語を学ぶ	8学制公布、12太陽暦採用
一八七七	10	15		4東京大学医学部本科生となる	2西南戦争
一八八一	14	19		7東京大学卒業　12陸軍軍医副となる	10自由党結成、明治14年政変
一八八四	17	22	10「独逸日記」執筆開始	8陸軍省の命を受け、ドイツ留学	10秩父事件
一八八八	21	26		9帰国、陸軍軍医学舎教官となる	4市制・町村制公布
一八八九	22	27	8訳詩集『於母影』発表　10「しがらみ草紙」創刊	2赤松登志子と結婚　7東京美術学校講師となる	2大日本帝国憲法公布
一八九〇	23	28	1『舞姫』、8『うたかたの記』発表	9長男於菟誕生　10妻登志子と離別	11第一回帝国議会開かれる
一八九一	24	29	1『文づかひ』刊　10坪内逍遙と没理想論争に入る	8医学博士の学位を受ける	5大津事件　12足尾鉱毒事件
一八九二	25	30	7『美奈和（水沫）集』刊	1千駄木町21番地で父母と同居	11「万朝報」創刊
一八九四	27	32		8日清戦争に出征	8日清戦争始まる
一八九九	32	37	6『審美綱領』刊	6小倉の第12師団軍医部長に着任	3著作権法公布
一九〇二	35	40	9『即興詩人』刊	1荒木志げと結婚　3東京の第1師団軍医部長に着任	1日英同盟条約調印

西暦	年号	年齢	作品	事項	社会
一九〇四	37	42		3日露戦争に出征	2日露戦争始まる
一九〇七	40	45	3観潮楼歌会を始める 9『うた日記』刊	11陸軍軍医総監、陸軍省医務局長に就任	3小学校令改正（義務教育6年）
一九〇九	42	47	1「昴（スバル）」創刊 3『半日』、5『追 儺』、7『ヰタ・セクスアリス』発表	7文学博士の学位を受ける	10伊藤博文暗殺
一九一〇	43	48	3~翌年8『青年』、6『普請中』発表 5「三田文学」創刊	2慶應義塾大学文学科顧問となる	5大逆事件 8韓国併合
一九一一	44	49	2『カズイスチカ』、3~4『妄想』、9~大2·5『雁』、10~大1·12『灰燼』、10『百物語』発表	5文部省文芸委員会委員となる	2南北朝正閏問題
一九一二	大正元	50	1『かのやうに』、10『興津弥五右衛門の遺書』発表		7明治天皇死去 9乃木希典夫妻殉死
一九一三	2	51	1『阿部一族』発表		10中華民国を承認
一九一四	3	52	2『堺事件』発表		7第一次世界大戦
一九一五	4	53	1『山椒大夫』、10『最後の一句』発表 5『雁』刊	11東京日日新聞社の客員となる	1対華21ヵ条要求
一九一六	5	54	1『高瀬舟』『寒山拾得』、1~5『渋江抽斎』発表	4陸軍省医務局長辞任	12夏目漱石死去
一九一七	6	55	9『なかじきり』、10~9·1『北条霞亭』発表	12帝室博物館総長兼図書頭に就任	11ソビエト政権誕生
一九二二	11	60		7月9日、肺結核・萎縮腎で死去	2山県有朋死去

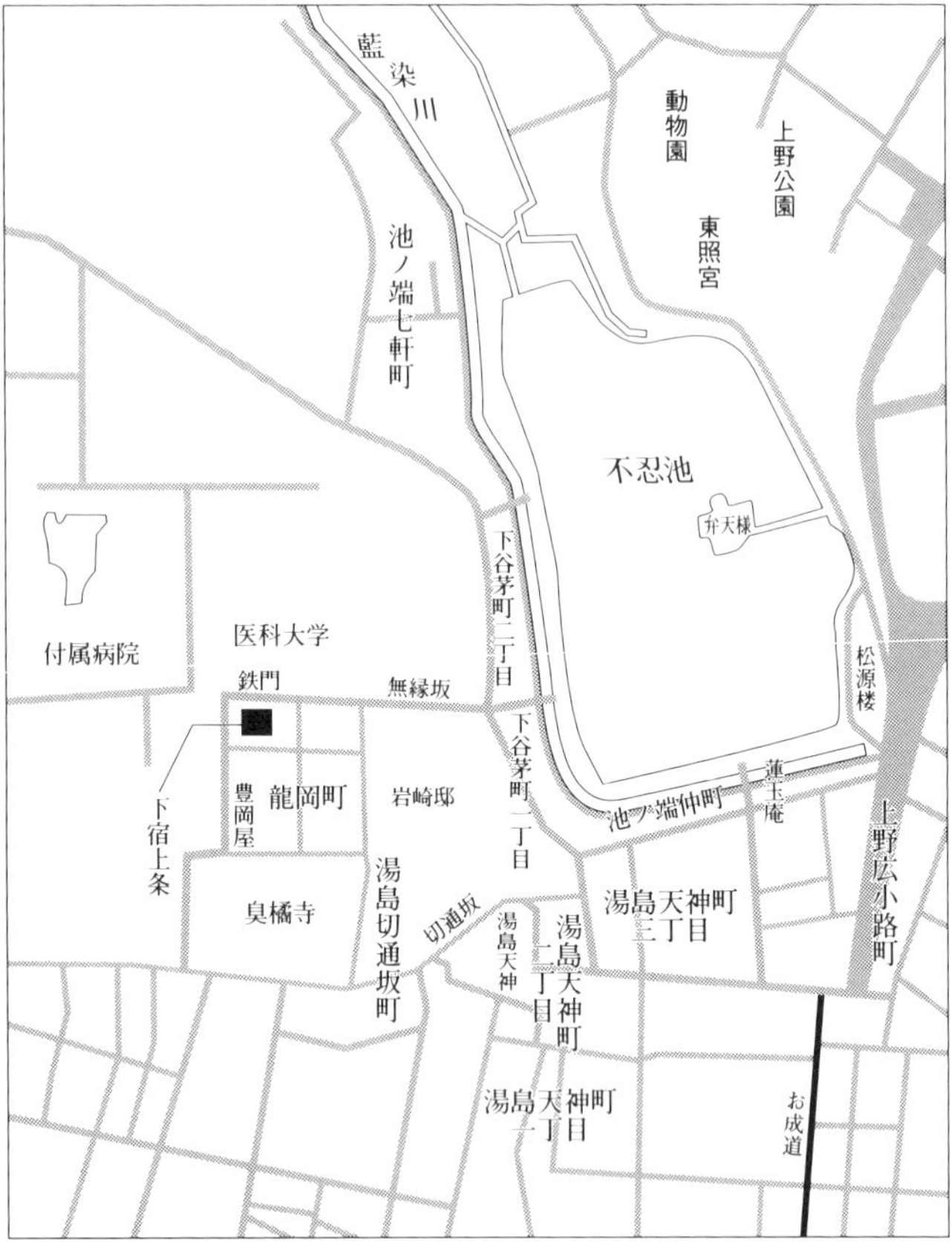
藍染川
動物園
上野公園
東照宮
池ノ端七軒町
不忍池
弁天様
下谷茅町二丁目
医科大学
付属病院
鉄門
無縁坂
松源楼
下谷茅町一丁目
蓮玉庵
池ノ端仲町
豊岡屋
龍岡町
岩崎邸
下宿上条
上野広小路町
臭橘寺
湯島切通坂町
切通坂
湯島天神
湯島天神町三丁目
湯島天神町二丁目
湯島天神町一丁目
お成道

「雁」の主な舞台 略図

鷗外の「明治の精神」

川《かわ》村《むら》湊《みなと》
（文芸評論家）

明治の開化以来、日本では西洋近代の文物がたくさん取り入れられることになった。電信、鉄道、汽船、ガス灯などの「近代工業」の産物や、ビールや牛乳やバターや西洋野菜といった飲食物や、西洋建築やベッドや椅子《いす》や机などの住居空間、洋服や洋食などの衣食の習慣、新聞や雑誌、郵便や学校や教会といった文化や制度に至るまで、西洋化の波は日本の社会を大きく変えていったのである。

しかし、それらはあくまでも外形的、表面的な「西洋化」であり「近代化」にほかならなかった。もっとも本質的な変化や変容は、むしろ人間の心の中において起こったといわざるをえないのだ。法律や政治制度は、日本にもそれまで律令《りつりょう》や式目《しきもく》や御法度《ごはっと》といった名前で同じようなものがあったのだが、しかし、たとえばそうしたあらゆる法律や制度の上に、一国の元首たる者（たとえば皇帝《こうてい》や国王であっても）さえそれに拘束《こうそく》され、遵守《じゅんしゅ》しなければならない「憲法」といった概念《がいねん》は日本にはなかった。あるいは国民の権利や民衆の自由を標榜《ひょうぼう》する「自由民権」という考え方、これらは民主主義や共和制といった概念《がいねん》として、明治以降の日本に入ってきて、さかんに議論されることになったのである。

だが、もっと基本的なことをいえば、「国民」とか「精神」とか「思想」とか「権利」とか「義務」のような「観念」そのものさえも、日本にとっては外来の、舶来《はくらい》のものにほかならなかった。「哲学《てつがく》」や「幾何学《きかがく》」や「医学」などだけではなく、「文学」や「美術」や「音楽」という概念自体が、西洋語の翻訳《ほんやく》であることを私たちは知っている。そして、それらの言葉、概念、観念を日本に定着させるために、先人たちがどれだけ苦労し、苦心したかということも。

北村透谷《きたむらとうこく》は、「恋愛《れんあい》は人生の秘鑰《ひやく》なり」と語った。もちろん、江戸《えど》時代までの日本に男女の人情に基づく「恋《こい》」や「愛」がなかったわけではない。しかし、それが人間にとって、人生にとってもっとも重要なキーワードであり、至高《しこう》・至純なものであるという「観念」は日本にはなかったのだ。それはキリスト教的な神への「愛」や、イエス・キリストの人類への「愛」を手本に、人間にとってのもっとも神聖な営みとして称揚《しょうよう》されるものとなったのである。

透谷と同じように、明治の知識人であり、文学者だった森鷗外も、こうした西洋起源の近代的な「観念」を日本に根付かせようとして苦心した人物の一人だった。小説家としてより、むしろ明治政府の重要なポストである、衛生医学の行政官（軍医総監《そうかん》）でもあった鷗外は、ドイツ流の衛生医学の招来と同時に「明治の精神」そのものを、日本の近代化、西洋化（脱亜入欧《だつあにゅうおう》！）の延長の上で作り上げなければならないと感じていたのである。鷗外の小説は、古い日本的な伝承や説話的な物語を素材として使いながら、そこに〝新しい観念〟を導入することを目指していたと考えられる。たとえば、『高瀬舟《たかせぶね》』においては「ユータナジー」、すなわち安楽死のテーマをそこでは提出している。『山椒大夫《さんしょうだゆう》』においては「自己犠牲《ぎせい》」という観念が、『青年』においては、まさに「青年期」というテーマそのものが描《えが》かれ、『ヰタ・セクスアリス』では「性（セクシャリティー）」が語られているのである。

だが、森鷗外が、その小説の中でもっとも基本的なものとして追求しようとしたのは、個人の生活と社会的な生活との葛藤《かっとう》や矛盾《むじゅん》に関《かか》わる問題であり、私生活と社会的立場との、常に齟齬《そご》し、矛《む》盾《じゅん》撞着《どうちゃく》する関係だった。初期の『舞姫《まいひめ》』においては、日本の近代国家としての未来を担《にな》った国費留学生としての社会的な立場と、一人の異邦人《いほうじん》の舞姫（踊《おど》り子）と恋愛、結婚《けっこん》しながらも、その日本における社会的立場の故《ゆえ》に、彼女《かのじょ》の運命を踏《ふ》みにじり、棄《す》ててしまうという「近代人」の精神的な苦悩《くのう》を描き出した。もちろん、それは現実そのままではないとしても、鷗外自身が経験しなければならなかった不幸な「恋愛」をモデルとしていたことは明らかなのである。

そういう意味で『雁《がん》』という小説を見てみれば、これがきわめて古びた、封建《ほうけん》主義的な男女関係、家父長的な家族関係の下に描かれた作品世界であり、これまで語ってきたような、西洋的、近代的な「観念」の日本における現実化とはまったく無関係であり、むしろそれに逆立《さかだち》するものとして見えてしまうことは否《いな》めないかもしれない。だが、「蓄妾《ちくしょう》制度」という封建《ほうけん》的な制度の残存と、小規模なりといえども金融《きんゆう》資本家の社会的な誕生とは、むろん日本社会の「近代化」の一過程にほかならないといえるのであり、『雁《がん》』における「お玉」の運命は、日本の明治社会の「近代化」における、一つの「過程」の悲劇的ケースであったといえなくもないのである。

何よりも、「妾《めかけ》」として囲われた「お玉」が、自らの個人的な意志によって、通りすがりの学生に声をかけようとする(それは結局は実現されなかったのだが)、その行動の意志こそが、これまで男尊女卑《じょひ》、封建制、家父長制の厳重な身分制度の桎梏《しっこく》に縛《しば》られてきた日本の女性たちの「近代化」の一歩を示すものとしてあったといわざるをえないのだ。

あるいは、社会的な「偶然《ぐうぜん》」によるチャンスということ。もちろん、それは幸運に転ぶこともあるだろうし、「青魚《さば》のみそ煮《に》」という、まさに些細《ささい》な偶然によって不運に転ぶ『雁』のようなケースもありうるだろう。だが、封建制の桎梏の中で生きていた前近代の人々にとっては、生まれついた時から宿命として身に帯びた「身分」や「階層」は、単なる偶然や個人的な努力によっては改変しようにも、し切れるものではなかったのである。

「天は人の上に人を作らず、人の下に人を作らず」と福沢諭吉《ふくざわゆきち》は言った。しかし、そうした西洋直輸入の「天賦《てんぷ》人権論」は、学問や個人的努力(自助)の有る無しという競争社会の到来《とうらい》を用意するものであって、むしろ封建制の日本の、安定した、社会的変動の少ない社会よりも、個人としての成員にとって生き難《がた》い世界であったかもしれないのだ。

もう一つ、それは従来の男尊女卑から、女性が男性を積極的に支える社会へと変貌《へんぼう》したことを示すものかもしれない。『山椒大夫《さんしょうだゆう》』や『最後の一句』は家父長や男尊女卑とは逆に、女や子供が、男・大人を「救済」する。『舞姫《まいひめ》』や『雁』においても女は「犠牲《ぎせい》」になることにより、男の社会的に生きる道を手助けする。「近代」における男と女の社会的分業と、精神的な役割分担を、鷗外の小説は期せずして描《えが》き出しているといえるのである。

付記

一、本書本文の底本には、『鷗外全集』第八巻（一九七一、岩波書店刊）を用いました。
二、本書本文中には、今日の人権意識に照らして、不適当な表現が用いられていますが、原文の歴史性を考慮してそのままとしました。
三、本書本文の表記は、このシリーズ散文作品の表記の方針に従って、次のようにしました。
㈠仮名遣いは、「現代仮名遣い」とする。

㈡送り仮名は、現行の「送り仮名の付け方」によることを原則とする。

㈢底本の仮名表記の語を漢字表記には改めない。

㈣使用漢字の範囲は、常用漢字をゆるやかな目安とするが、仮名書きにすると意味のとりにくくなる漢語、および固有名詞・専門用語・動植物名は例外とする。

㈤底本の漢字表記の語のうち、仮名表記に改めても原文を損なうおそれが少ないと判断されるものは、平仮名表記に改める。
①極端なあて字・熟字訓のたぐい。（ただし、作者の意図的な表記法、作品の特徴的表記法は除く。）
②接続詞・指示代名詞・連体詞・副詞
㈥読者の便宜のため、次のような原則で、読み仮名をつける。
①小学校で学習する漢字の音訓以外の漢字の読み方には、すべて読み仮名をつける。
②読み仮名は、見開きページごとに初出の箇所につける。ただし、主要な登場人物の名前は、章ごとに初出の箇所につけることを原則とする。

《監　修》
浅井　清　（お茶の水女子大学名誉教授）
黒井千次　（作家・日本文芸家協会理事長）

《資料提供》
日本近代文学館

雁《がん》・カズイスチカ　読んでおきたい日本の名作

2003年10月22日　初版第1刷発行

著者　森《もり》　鷗外《おうがい》
発行者　小林　一光
発行所　教育出版株式会社
〒101-0051　東京都千代田区神田神保町2-10
電話　(03)3238-6965　FAX　(03)3238-6999
URL　http://www.kyoiku-shuppan.co.jp/

ISBN 4-316-80037-X C0393
Printed in Japan　印刷：神谷印刷　製本：上島製本
●落丁・乱丁本はお取替いたします。